D1826010

PARCOURS DE LECTURE

Collection dirigée par Alain Boissinot

L'ÉTRANGER

de
Albert Camus

par **Michel Mougenot**

BERTRAND-LACOSTE
36, rue Saint-Germain-l'Auxerrois – 75001 Paris

SOMMAIRE

Les références au texte de *L'Étranger* renvoient à l'édition Folio (Gallimard) (n° 2, éd. 1987).

AVANT-PROPOS

Vous venez d'achever une première lecture de L'Étranger *d'Albert Camus (paru en 1942). Vous avez découvert une histoire ; vous avez éprouvé certaines impressions ; vous portez un jugement − qu'il soit positif ou négatif − sur les personnages, sur l'œuvre, sur l'auteur.*

Cette première lecture est différente de toutes celles que vous ferez désormais de cette œuvre : jamais, en effet, vous ne retrouverez les sensations qu'elle vous a procurées. Pour en garder le souvenir, nous vous proposons de rédiger un résumé de L'Étranger *en une vingtaine de lignes − en fin de parcours, nous reviendrons à ce résumé pour le comparer à la lecture de ce roman que vous ferez alors.*

Pourquoi, maintenant, relire L'Étranger *et l'analyser ?*

Si le roman vous a plu, vous craignez que cette analyse gâche votre plaisir.

Si le roman vous a déplu, vous n'éprouvez guère le désir d'en recommencer la lecture.

Si vous vous posez des questions sur sa signification ou sur la signification de tel ou tel de ses aspects, peut-être souhaiteriez-vous que nous vous apportions immédiatement des réponses qui vous révéleraient le sens de L'Étranger.

Mais un texte littéraire − et c'est là une des définitions qu'on peut en donner − n'a pas un sens, il a des sens, et ces sens c'est la (re)lecture qui les fabrique : lire, c'est construire progressivement des significations du texte.

Si l'auteur avait voulu transmettre un message que le lecteur devrait retrouver dans l'œuvre et qui en constituerait la signification, il aurait sans doute choisi un type de texte plus conforme à une telle visée : un texte argumentatif, par exemple. *En choisissant la forme du roman, il vise moins à transmettre un message qu'à proposer une œuvre qui se prête à interprétations. Mais si cette œuvre a plusieurs sens, elle n'a pas cependant n'importe quel sens : si le texte n'impose pas un sens qui serait unique autant qu'obligatoire, il est tout à fait exclu de lui faire dire n'importe quoi.*

Pour produire des sens et éviter des contresens, il faut formuler des hypothèses interprétatives, les vérifier dans le texte à l'aide de méthodes d'analyse aussi rigoureuses que possible puis s'assurer que l'interprétation que l'on propose est cohérente, c'est-à-dire n'est pas en contradiction avec d'autres aspects du texte.

Au plaisir de la découverte du texte − plaisir de la première lecture − s'ajoute alors le plaisir de produire du sens : le texte ne trouve sa pleine signification que dans cette rencontre avec le lecteur.

Le parcours de L'Étranger *que nous vous proposons vise donc à guider votre lecture avec cet objectif : produire du sens (des sens) à partir du texte.*

Ce parcours suit un ordre qui essaie de respecter une gradation de la difficulté ; mais certains chapitres imposent, plus que d'autres, l'acquisition d'outils spécifiques à la lecture du récit. Il est donc possible d'envisager des parcours qui sélectionnent des itinéraires partiels.

Ainsi, au niveau d'une classe de première, après la lecture des trois premiers chapitres (celle du troisième pouvant s'arrêter à la page 45, avant l'étude des formes de la narration), la lecture des chapitres 5 et 6 ne présuppose pas celle du chapitre 4 qui peut paraître plus difficile.

De même, la conclusion « Une pédagogie de la lecture » (p. 89) peut être lue sans qu'ait été lue la conclusion « Une problématique de l'écriture » (p. 85).

I. COMPARAISON DU DÉBUT ET DE LA FIN DU ROMAN

Deux moments sont particulièrement importants dans un roman : les premières pages, qui font quitter au lecteur le monde où il vit pour pénétrer dans l'univers du roman et les dernières pages, qui apportent un dénouement aux différentes aventures vécues par les personnages.

Une étude systématique de la comparaison des premières et des dernières pages est toujours intéressante à mener[1] ; elle peut l'être à deux niveaux : la fiction et la narration.

REPÈRES

Un roman est une histoire présentant les faits et gestes de différents personnages. Cette histoire, nous l'appellerons **fiction** ; une fiction peut être considérée comme une suite d'actions qui conduisent d'une situation initiale à une situation finale. La situation finale retourne la situation initiale dans un sens positif ou négatif ou, au contraire, elle la confirme et la complète.

Mais un roman c'est aussi :

— une certaine manière de raconter cette fiction, dans le choix, par exemple, de l'ordre des événements ;

---

1. Voir dans la même collection le parcours de *Mateo Falcone* de Mérimée et les comparaisons de débuts et de fins de romans qui y sont proposées.

— une œuvre de langage : nous n'avons affaire ni à des personnes ni à des faits, mais à des mots.

Cet autre aspect du roman, nous le nommerons la **narration**.

Par exemple, dans les premières pages de *L'Étranger* :
> *Aujourd'hui, maman est morte. Ou peut-être hier, je ne sais pas.*

la **fiction** comprend la mort de la mère et l'annonce de cette mort au fils. Ces deux événements constituent deux des éléments fondamentaux de la situation initiale ;

la **narration** c'est :

a) le choix de la mort de la mère pour commencer le roman ;

b) le choix d'un récit à la première personne ;

c) avec le mot *aujourd'hui*, le choix d'une forme assez proche du journal.

Nous vous proposons donc de comparer le début et la fin de *L'Étranger* comme fiction d'abord, puis comme narration :

— Dans la fiction : **situation initiale / situation finale**

Relever dans un tableau à deux colonnes les rapports du personnage avec les autres personnages et avec le monde environnant — puis les comparer, les classer et proposer une (ou des) interprétation(s).

— Dans la narration : **premières / dernières pages**

Relever et comparer les phénomènes d'écriture qui semblent les plus marquants.

■ DANS LA FICTION : Situation initiale / situation finale

Les limites mêmes de la situation initiale et de la situation finale sont aisément repérables dans *L'Étranger* : une scène quasi identique marque la clôture de l'une et l'ouverture de l'autre.

J'ai dormi (...) et quand je me suis réveillé...

Je crois que j'ai dormi parce que je me suis réveillé...

• Relevé systématique des parallélismes et des oppositions

Mort de la mère

Aujourd'hui, maman est morte. Ou peut-être hier, je ne sais pas. J'ai reçu un télégramme de l'asile : « Mère décédée. Enterrement demain. Sentiments distingués. » Cela ne veut rien dire. C'était peut-être hier.

L'asile de vieillards est à Marengo, à quatre-vingts kilomètres d'Alger. Je prendrai l'autobus à deux heures et j'arriverai dans l'après-midi. Ainsi, je pourrai veiller et je rentrerai demain soir. J'ai demandé deux jours de congé à mon patron et il ne pouvait pas me les refuser avec une excuse pareille. Mais il n'avait pas l'air content. Je lui ai même dit : « Ce n'est pas de ma faute. » Il n'a pas répondu. J'ai pensé alors que je n'aurais pas dû lui dire cela. En somme, je n'avais pas à m'excuser. C'était plutôt à lui de me présenter ses condoléances. Mais il le fera sans doute après-demain, quand il me verra en deuil. Pour le moment, c'est un peu comme si maman n'était

Mort du fils

Lui parti, j'ai retrouvé le calme. J'étais épuisé et je me suis jeté sur ma couchette. Je crois que j'ai dormi parce que je me suis réveillé avec des étoiles sur le visage. Des bruits de campagne montaient jusqu'à moi. Des odeurs de nuit, de terre et de sel rafraîchissaient mes tempes. La merveilleuse paix de cet été endormi entrait en moi comme une marée. A ce moment, et à la limite de la nuit, des sirènes ont hurlé. Elles annonçaient des départs pour un monde qui maintenant m'était à jamais indifférent. Pour la première fois depuis bien longtemps, j'ai pensé à maman. Il m'a semblé que je comprenais pourquoi à la fin d'une vie elle avait pris un « fiancé », pourquoi elle avait joué à recommencer. Là-bas, là-bas aussi, autour de cet asile où des vies s'éteignaient, le soir était comme une trêve mélancolique. Si près de la mort, maman devait s'y sentir libérée et pas morte. Après l'enterrement, au contraire, ce sera une affaire classée et tout aura revêtu une allure plus officielle.

J'ai pris l'autobus à deux heures. Il faisait très chaud. J'ai mangé au restaurant, chez Céleste, comme d'habitude. Ils avaient tous beaucoup de peine pour moi et Céleste m'a dit : « On n'a qu'une mère. » Quand je suis parti, ils m'ont accompagné à la porte. J'étais un peu étourdi parce qu'il a fallu que je monte chez Emmanuel pour lui emprunter une cravate noire et un brassard. Il a perdu son oncle il y a quelques mois.

J'ai couru pour ne pas manquer le départ. Cette hâte, cette course, c'est à cause de tout cela sans doute, ajouté aux cahots, à l'odeur d'essence, à la réverbération de la route et du ciel, que je me suis assoupi. J'ai dormi pendant presque tout le trajet. Et quand je me suis réveillé, j'étais tassé contre un militaire qui m'a souri et qui m'a demandé si je venais de loin. J'ai dit « oui » pour n'avoir plus à parler.

prête à tout revivre. Personne, personne n'avait le droit de pleurer sur elle. Et moi aussi, je me suis senti prêt à tout revivre. Comme si cette grande colère m'avait purgé du mal, vidé d'espoir, devant cette nuit chargée de signes et d'étoiles, je m'ouvrais pour la première fois à la tendre indifférence du monde. De l'éprouver si pareil à moi, si fraternel enfin, j'ai senti que j'avais été heureux, et que je l'étais encore. Pour que tout soit consommé, pour que je me sente moins seul, il me restait à souhaiter qu'il y ait beaucoup de spectateurs le jour de mon exécution et qu'ils m'accueillent avec des cris de haine.

• **Classement et propositions d'interprétations**

La situation initiale et la situation finale ont un double point commun :

- La présence du même personnage : Meursault ;
- La présence de la mort : annonce de la mort de la mère / rappel de cette mort et perspective de la mort du fils.

Autour d'une scène identique (s'endormir / se réveiller) et de la double présence de Meursault et de la mort, la situation initiale et la situation finale opposent la vie de Meursault en liberté et sa vie en prison ; opposition centrale qui organise tout un réseau d'autres oppositions.

MEURSAULT ET SA MERE

Début	**Fin**
C'est le télégramme reçu de l'asile qui conduit Meursault à penser à sa mère.	*Pour la première fois depuis bien lontemps, j'ai pensé à maman.*
	Il pense à sa mère, non sous l'effet d'un événement extérieur, mais de lui-même.
Il pense à sa mère dans la perspective des obsèques : — demander un congé à son patron ; — se procurer un brassard noir et une cravate.	Si près de la mort, *maman était prête à tout revivre* / elle a *joué à recommencer.*
De son patron, il attend des condoléances ;	
Céleste et ses clients manifestent une attitude assez conventionnelle : *beaucoup de peine, on n'a qu'une mère.*	*Personne, personne n'avait le droit de pleurer sur elle.*

On constate que le texte oppose :

— des démarches et des attitudes officielles : *tout aura revêtu une allure plus officielle* — Meursault lui-même a revêtu un costume de deuil.

à une réflexion et à une compréhension personnelles : *il m'a semblé que je comprenais ;*

— les condoléances à donner et à recevoir, la peine à ressentir et à exprimer

à un refus de s'apitoyer sur la personne qui est morte ;

— la mort comme fin de vie

à la mort comme possibilité, quand elle approche, de revivre et de tout recommencer.

Le texte nous incite donc à percevoir une évolution de Meursault dans son attitude à l'égard de sa mère et plus essentiellement dans son attitude devant la mort.

MEURSAULT ET LES AUTRES

Début	Fin
Meursault est confronté (et/ou affronté) à :	Meursault est seul
— son patron,	
— Céleste,	
— ils (les habitués du restaurant),	
— Emmanuel,	
— le militaire.	
Ces rapports révèlent chez lui :	Il veut se sentir *moins seul* et être accueilli avec *des cris de haine.*
— un sentiment de culpabilité (devant son patron),	
— un refus de communiquer (avec le militaire).	

On voit que les rapports de Meursault avec les autres ont eux aussi radicalement changé. Il souhaite des cris de haine le jour de son exécution : cette phrase finale du roman prête sans aucun doute à des interprétations diverses : comparée avec le début, elle donne à lire le désir de Meursault de marquer désormais sa différence et de chercher la communication, fût-ce sous forme de la haine et du rejet.

MEURSAULT DANS LE MONDE

Début	**Fin**
Le jour	La nuit
Forte chaleur *(très chaud, réverbération)*	fraîcheur *(rafraîchissante)*
qui entraîne des troubles *(étourdi)* et finalement la somnolence *(je me suis assoupi)*	qui crée un certain bien-être *(la merveilleuse paix entrait en moi comme une marée)*
monde articifiel *(odeur d'essence, cahots* de la route)	monde naturel *(bruits de campagne ; odeurs de nuit, de terre et de sel.)*
monde où il doit s'agiter sans cesse *(j'ai couru, hâte, course).*	*lui parti, j'ai retrouvé le calme.*
J'ai couru pour ne pas manquer le départ.	*des départs pour un monde qui m'était maintenant à jamais indifférent.*

Les rapports de Meursault avec le monde ont donc eux aussi entièrement changé : confronté au début à un monde hostile et agressif, il découvre à la fin un monde apaisé et *fraternel* semblable à lui.

Ce *monde fraternel* peut se prêter à différentes lectures ; la comparaison avec le début nous donne à lire une évolution évidente, sinon facile à interpréter.

Le travail de comparaison des situations initiale et finale nous conduit donc à lire dans le texte une évolution du personnage :

— dans ses sentiments à l'égard de sa mère ;
— dans sa relation à la mort ;
— dans sa relation aux autres et au monde.

■ DANS LA NARRATION : premières et dernières pages

* La narration de *L'Étranger* adopte une forme particulière : le récit à la première personne. Dans la première comme dans la dernière page, Meursault n'est pas seulement le personnage de la fiction, il en est aussi le narrateur[1]. La narration est à la première personne, mais deux différences importantes caractérisent le début et la fin :

— dès le premier mot — *aujourd'hui* — le temps de la narration est très nettement situé par rapport au temps de la fiction : les événements sont racontés le jour même où ils se déroulent. Dans la dernière page, il n'en va plus de même : les événements sont racontés après coup, sans qu'il soit possible de savoir précisément quand ils se sont déroulés ;

— le narrateur ne raconte pas le même type d'événements. Dans la première page, il s'agit de faits matériels (la réception du télégramme, la visite au patron, l'horaire des cars), dans la dernière, il s'agit plutôt de réflexions sur sa condition et sur celle de sa mère.

---

1. Notons cependant qu'en écrivant cette phrase, nous faisons intervenir notre connaissance de la totalité du roman car, à nous en tenir strictement aux pages comparées, nous ne connaîtrions pas le nom du personnage, ce qui est aussi un effet de narration sur lequel nous reviendrons.

L'écriture de la dernière page est très sensiblement différente de celle de la première page. Quelques chiffres confortent cette impression de lecture :

Début	**Fin**
365 mots / 35 phrases soit : 10,52 mots par phrase en moyenne	287 mots / 17 phrases soit : 16,88 mots par phrase, en moyenne.
35 phrases : 28 simples (*) 7 complexes (*)	17 phrases : 11 simples 6 complexes

A cela s'ajoutent :

— des effets de répétition : *Là-bas, là-bas aussi... Personne, personne...*

— des comparaisons : *Comme une marée, comme une trêve mélancolique*

qui ne se trouvent pas dans la première page.

Le texte établit entre les événements racontés un jeu de rappels et de renvois qui tisse tout un réseau de correspondances.

Ainsi, au début et à la fin du texte, un même événement est raconté : Meursault s'endort ; il relève de la fiction. La reprise textuelle des mots *dormir* et *réveiller* relève, elle, de la narration.

Ces rappels (que nous appellerons des **effets de texte**) produisent des effets de lecture en renvoyant le lecteur d'un

---

(*) Phrase simple   : phrase à une proposition ou à propositions coordonnées ;
Phrase complexe : phrase avec complétive.

passage à l'autre et en l'incitant à établir des mises en parallèle et des rapprochements qui constituent déjà des interprétations du texte.

Voici deux exemples de ces effets de texte :

La fin du roman insiste à deux reprises sur l'analogie entre la situation de Meursault et celle de sa mère :
> *là-bas aussi* (= comme ici)
> *et moi aussi* (= comme elle).

Or, au début du récit, Meursault est libre, sa mère est à l'asile de vieillards ; à la fin, Meursault est en prison et il pense qu'à l'asile sa mère devait se sentir libérée.

La narration, par ce jeu de parallélismes et d'oppositions, produit un effet de texte et nous conduit à formuler l'interprétation suivante :

Une opposition dans la situation de Meursault

au début du récit	*libre*	à la fin du récit	*en prison/près de la mort*

joue avec une opposition dans la situation de sa mère

au début du récit	*à l'asile*	à la fin du récit	*libérée/près de la mort*

Meursault, par la répétition de *aussi*, insiste sur le rapprochement de sa situation et celle de sa mère : il nous est donc possible de transférer à son sujet ce qu'il écrit de sa mère. Nous formulerons alors l'hypothèse suivante :

de même que sa mère, à l'asile, près de la mort, se sent libérée, de même Meursault, en prison, près de la mort, se sent
libéré.

En d'autres termes encore : il est plus libre dans la scène
finale (où il est en prison) que dans la scène initiale (où il
est en liberté).

Cette hypothèse sera à vérifier à d'autres niveaux du texte.

La présence du verbe *ouvrir* dans la dernière page *(Je me
suis ouvert à la tendre indifférence du monde)* nous donne
la possibilité de relire le début en le reliant à la fin :

Je me suis assoupi = j'ai fermé les yeux pour ne plus subir
le monde environnant. En d'autres termes : je me suis fermé
au monde.

J'ai dit « oui » pour n'avoir plus à parler = j'ai fermé
la bouche. En d'autres termes : je me suis fermé à la communication.

■ CONCLUSIONS

Ce travail de comparaison du début et de la fin de *L'Étranger*, tant au niveau de la fiction qu'au niveau de la narration, nous conduit à des interprétations du texte et ouvre
de nouvelles perspectives de recherches.

La comparaison des situations initiale et finale permet de
lire dans le texte une évolution du personnage ; la comparaison des deux passages de la narration fait apparaître une
nette évolution de l'écriture. Il ne faudrait pas toutefois que
cela conduise à une lecture du roman par trop simplifica-
trice et par là caricaturale. Si, en effet, après avoir fait ce

travail de mise en parallèle, nous relisons la totalité du premier chapitre, nous pouvons y repérer des expressions identiques à celles que nous avons relevées dans la dernière page :

> (p. 22) *une odeur de sel*
> *l'odeur de la terre fraîche*

> (p. 27) *je comprenais maman*
> *le soir, dans ce pays, devait être une*
> *trêve mélancolique.*

S'il y a une évolution du personnage de Meursault, cette évolution n'est pas linéaire, et elle ne le conduit pas d'une attitude donnée à l'attitude diamétralement opposée.

Si nous relisons la dernière phrase du premier chapitre, nous constatons que par sa longueur (100 mots) et ses images *(on eût dit un pantin disloqué, terre couleur de sang, la chair blanche des racines, le nid de lumière d'Alger)*, cette phrase est plus proche de l'écriture de la fin du livre que de l'écriture du début. Là non plus, l'évolution n'est donc pas linéaire. Ayant constaté une évolution du personnage dans la fiction et une évolution de la narration, nous pouvons émettre l'hypothèse d'un parallélisme entre ces deux évolutions. C'est dans cette perspective que nous étudierons désormais les variations de la narration.

Ce travail de comparaison nous a permis de passer d'une lecture linéaire à une autre forme de lecture : **la lecture tabulaire.**

——— Lecture linéaire qui suit le fil du texte

▬▬ Repérage de certains éléments du texte

——— Lecture tabulaire.

Cette lecture tabulaire modifie notamment notre approche des rapports entre les personnages : si la fiction nous raconte l'histoire d'un fils qui vient de perdre sa mère puis qui est condamné à mort, la narration nous suggère une telle symétrie dans les situations que nous pouvons nous demander si la vie et la mort de la mère ne sont pas, dans une certaine mesure, des sortes de « doubles » de la vie et de la mort du fils. Hypothèse qui nous ouvre une lecture toute différente du roman.

Dans les pages qui suivent, nous reprendrons ces hypothèses et perspectives :

Nous approfondirons la notion de lecture tabulaire autour du *soleil* et de la *mer*.

Nous préciserons les effets de texte et de sens produits par la narration à la première personne et son évolution.

Nous repenserons les rapports entre les personnages dans la perspective d'un jeu de parallèles et d'oppositions qui s'établit entre eux.

REPÈRES

Un récit est donc :

- une fiction : les événements racontés ;

- une narration : la manière dont les événements sont racontés.

L'un des intérêts du travail que nous venons de mener est de prouver que la narration n'est pas la simple mise en forme de la fiction : elle produit des **effets de texte**, qui sont aussi des effets de lecture, et qui induisent des **effets de sens** : interprétations des effets de texte.

II. UN EXEMPLE
DE LECTURE TABULAIRE :
LE SOLEIL ET LA MER

Nous vous proposons d'appliquer le principe de la lecture tabulaire telle que nous venons de la définir à deux aspects essentiels du texte : le soleil et la mer. Nous poursuivons notre parcours de *L'Étranger* par cette démarche parce qu'elle met en place une exploration méthodique du texte et que cette exploration débouche rapidement sur la production de nouvelles significations.

Dans un premier temps on relèvera toutes les occurrences du mot *soleil* dans les chapitres 1 et 6 de la première partie et celles du mot *mer* (et du mot *eau*) dans les chapitres 2, 4 et 6 de cette même partie. On relèvera également le vocabulaire (verbes et adjectifs) qui accompagne ces deux mots ainsi que le vocabulaire qui exprime les perceptions et les impressions du narrateur quand il est au soleil ou dans la mer. On proposera ensuite un classement de ce relevé puis une (ou des) interprétation(s). On pourra ensuite étendre le relevé à l'ensemble de l'œuvre à titre de vérification des premières interprétations.

■ LE SOLEIL

• Classement et interprétations

Nous pouvons expliquer la présence du soleil (et de la mer)

dans *L'Étranger* par un **effet de réel** : l'action se déroule à Alger, au mois de juin ; le soleil rend compte du climat algérien, la mer est liée aux loisirs des Algérois.

Ainsi le soleil et la mer inscrivent le roman dans un cadre réaliste, géographiquement et sociologiquement. Réalistes aussi, d'une certaine façon, les effets du soleil sur Meursault : le soleil est lié au champ lexical* de la souffrance physique.

A de très rares exceptions près *(le soleil me faisait du bien*, p. 82), en effet, le soleil a sur Meursault des effets négatifs. Le soleil le brûle (p. 44, 94), le met en sueur (p. 28, 94) ; le sang lui bat aux tempes (p. 30), son front gonfle (p. 91), lui fait mal (p. 94) ; sa tête retentit de soleil (p. 91).

Il est *découragé devant l'effort* à accomplir (p. 91). Agressé dans son corps, il se sent perdu (p. 29), les idées troublées (p. 29), ne pensant à rien (p. 85) ; il finit par somnoler *(un peu endormi* [p. 83], *à moitié endormi* [p. 85]).

Le soleil est aussi l'occasion d'un véritable **travail sur le vocabulaire** ; le texte joue en effet sur la polysémie des mots qui qualifient le soleil et aboutit à des significations nouvelles :

– **L'éclat du soleil** (p. 29-85)

Le mot éclat a deux sens : 1. intensité de lumière
2. fragment détaché d'un objet qui a éclaté.

Le texte utilise ces deux sens. Sens (1) : éclat du soleil sur la mer (p. 85) ; sens (2) : le soleil a fait éclater le goudron (p. 29) ; il se brise en morceaux (p. 89).

---

* *cf.* définition en fin de chapitre.

Cet éclat de soleil au sens (2) — tel un éclat de verre ou de métal — devient une arme qui génère le champ lexical des armes blanches dans le chapitre 6 de la première partie : épée de lumière (p. 92, 95), longue lame étincelante (p. 94), glaive (p. 94).

— **Ça tape**, dit l'employé des pompes funèbres (p. 28) en parlant du soleil ; du sens métaphorique utilisé ici du verbe taper (« faire chaud »), le texte passe ensuite au sens propre (« donner des coups ») : le soleil frappe comme une gifle (p. 77).

— Le soleil **écrasant** (p. 89) (« accablant ») écrase finalement Meursault (au sens « déformer ou aplatir quelque chose ou un être vivant par pression ou par choc ») : le soleil pèse sur la terre (p. 26), il s'oppose à l'avance de Meursault (p. 92), la plage vibrante de soleil se presse derrière lui et l'empêche de reculer (p. 93). Le soleil cloue Meursault sur place (p. 88).

Ce travail sur la langue témoigne à lui seul du fait que le soleil n'est pas seulement l'image réaliste d'un pays méditerranéen : il a dans le texte une autre fonction. **Personnifié et violent, le soleil, lié à la mort, incarne la fatalité et le tragique.** Tout le travail sur la langue tend, entre autres, à personnifier le soleil. Mais, personnifié, le soleil est inhumain (p. 27).

Le soleil est lié à la mort : dans la première partie, il est essentiellement présent dans les chapitres 1 et 6, l'enterrement de la mère et le meurtre de l'Arabe. Le texte lui-même souligne cette parenté du soleil et de la mort : sur la plage qui deviendra le lieu du meurtre, *c'était le même soleil que le jour où j'ai enterré maman.* (p. 94)

Le soleil incarne la fatalité et le tragique. Il faut prendre ici les mots *fatalité* et *tragique* au sens le plus classique des termes ; **fatalité** : puissance inexorable qui dirige la destinée de l'homme ; **tragique :** l'homme mène contre le destin un combat dont il sait qu'il est perdu d'avance mais qu'il ne peut le refuser.

Le soleil est une véritable puissance qui occupe tout l'espace comme en témoigne la récurrence de l'expression *plein / gorgé de soleil* (p. 26, 29, 77, 127). Il transforme cet espace en un véritable lieu clos : *Tout s'arrêtait ici entre la mer, le sable et le soleil* (p. 91). Or, à cet instant, la plage *vibrante de soleil* (p. 93) et la mer qui charrie *un souffle épais et ardent* (p. 95) ont partie liée avec le soleil pour enfermer la victime dans un lieu qui ne lui laisse aucune possibilité de fuite. Ce lieu clos devient le champ clos où Meursault va devoir affronter en un duel singulier la violence du soleil et la mort.

Meursault veut fuir le soleil (p. 92), il n'aurait qu'*un demi-tour à faire* (p. 93), mais le soleil, allié nous l'avons vu au sable et à la mer, s'oppose à cette fuite. Ne pouvant faire demi-tour, *j'ai fait un mouvement en avant. Je savais que c'était stupide, que je ne me débarrasserais pas du soleil en me déplaçant d'un pas. Mais j'ai fait un pas, un seul pas en avant.* La répétition du mot *pas* insiste sur l'importance de ce geste et le jeu entre « ne...pas » et « pas » donne à lire le conflit entre la volonté de Meursault (**ne pas** faire le pas) et celle du soleil (lui faire faire **le pas**).

Le texte donne ailleurs encore à lire cet abandon de la volonté de Meursault face à celle du soleil : *J'ai crispé ma main sur le revolver.* **La gâchette** *a cédé, j'ai touché le ventre poli de la crosse.* Entre deux phrases dont le sujet est « je », une dont le sujet est « gâchette » : l'objet (le revolver) devient sujet et le sujet (Meursault) perd son pouvoir de décision.

Lors de l'enterrement de sa mère, l'infirmière avait prévenu Meursault : *Si on va doucement, on risque une insolation. Mais on si on va trop vite, on est en transpiration et dans l'église on attrape un chaud et froid* (p. 30) et Meursault de conclure : *Elle avait raison. Il n'y avait pas d'issue.* Les paroles de l'infirmière et de Meursault se réalisent en actes le jour du meurtre : *rester ici ou partir, cela revenait au même* ; quoi qu'il fasse, Meursault a l'impression que le résultat sera le même. Il n'y a pas d'issue. Telle est bien la fatalité.

• Les analogies lexicales entre le soleil et la lumière

Relevons quelques extraits où figure le mot *lumière* et soulignons dans leur contexte les mots qui renvoient aux champs lexicaux associés au mot *soleil* :

> *J'ai été **aveuglé** par l'éclaboussement soudain de la lumière (…) L'**éclat** de la lumière sur les murs blancs **me fatiguait** (…) L'installation était ainsi faite : **c'était tout ou rien** (cf. Il n'y avait pas d'issue) (…) la pièce m'a paru encore plus **éclatante** de blancheur (…) une pureté **blessante pour les yeux** (…) cette lumière **aveuglante*** (p. 17 et suivantes). La lumière (…) me [causa] une sorte d'**étourdissement** (p. 115).*

Mais la lumière a aussi un champ lexical qui lui est propre : la disparition de l'ombre.

Lors de la veillée mortuaire, lorsque la lumière jaillit, *devant moi il n'y avait pas une ombre et chaque objet, chaque angle, se dessinait avec une pureté blessante pour les yeux.* (p. 18)

Quant il arrive dans le parloir, *j'ai fini par voir chaque visage avec netteté, détaché par le plein jour.* (p. 115)

La lumière — qu'elle soit artificielle, dans la petite morgue, ou naturelle, dans le parloir — efface l'ombre, elle met chaque objet, chaque visage... en pleine lumière : elle n'éclaire pas seulement, elle révèle ; elle est, à deux reprises, associée au jugement :

— dans la salle où il veille sa mère, Meursault a l'impression que les autres vieillards sont là pour le juger (p. 19) ;

— après le meurtre, chez le juge d'instruction, il y avait *sur son bureau, une seule lampe qui éclairait le fauteuil où il m'a fait asseoir.* (p. 100)

Une analogie explicite s'établit donc entre les champs lexicaux associés au soleil et ceux associés à la lumière (éclat, fatigue, blessure, aveuglement). Nous pouvons formuler l'hypothèse d'une analogie, implicite celle-là et qui fonctionne donc comme un effet de lecture, entre le champ lexical propre à la lumière et le soleil. Le soleil est aussi source de la lumière qui ne laisse rien dans l'ombre et implique un jugement.

■ LA MER

Les champs lexicaux associés à la mer s'opposent aux champs lexicaux associés au soleil.

La mer permet de fuir le soleil (p. 34). Dans l'eau, Meursault éprouve le bien-être : *l'eau était froide et j'étais content de nager* (p. 82) ; après le bain, étendu à plat ventre, la figure dans le sable, il trouve que c'est bon (p. 83). Au corps souffrant par le soleil, s'oppose le corps à l'aise et heureux dans la mer. En prison, il associe ce bonheur du corps à des *pensées d'homme libre : l'entrée du corps dans l'eau et la délivrance que j'y trouvais.* (p. 119)

La mer est liée à la présence de Marie. C'est à l'établissement de bains du port que Meursault a retrouvé Marie (p. 34) ; le samedi suivant, ils vont *à quelques kilomètres d'Alger, sur une plage où* ils nagent ensemble (p. 58) ; le dimanche de la semaine suivante, ils vont retrouver les Masson dans leur cabanon sur une plage et se baignent ensemble (p. 82). Jamais Meursault ne va se baigner sans Marie.

Quand, au matin, elle l'a quitté, elle est encore présente par *l'odeur de sel que [ses] cheveux [ont] laissée* sur l'oreiller (p. 36).

En prison, pendant qu'il regarde la mer, on lui annonce une visite : *J'ai pensé que c'était Marie, c'était bien elle.* (p. 114)

A la mer est associé le champ lexical du corps de Marie : ses seins (p. 34), ses cheveux (p. 34), son ventre (trois fois p. 34), sa taille (p. 34, 83), sa bouche (p. 58), sa langue (p. 58), ses jambes (p. 84). En dehors de la mer, le corps de Marie est rarement nommé − ses jambes (p. 35) ; ses seins (p. 35, 57). La mer est donc liée au corps et au désir.

Après leur première rencontre, dans l'établissement de bains, ils se rhabillent : Marie *a eu l'air très surprise de me voir avec une cravate noire et elle m'a demandé si j'étais en deuil.* Quand elle apprend qu'il a enterré sa mère la veille, elle a *un petit recul.*

Le texte suscite ici cette question : Marie aurait-elle désiré Meursault − et aurait-elle accepté le désir de Meursault − si elle l'avait vu en deuil et si elle avait su qu'il venait de perdre sa mère ?

La rencontre dans la mer est symbolique : les êtres y sont dépouillés de tous les signes culturels socialisés (les vêtements de deuil) et ils ne communiquent que par leur corps et leurs désirs.

Quand ils nagent ensemble, Marie se colle à lui (p. 58, 83), ils se roulent dans les vagues (p. 58), ils se sentent d'accord dans leurs gestes et dans leur consentement (p. 82), il la désire (p. 84).

> *Marie m'a dit que je ne l'avais pas embrassée depuis ce matin. C'était vrai et pourtant j'en avais envie. « Viens dans l'eau », m'a-t-elle dit (...) Nous avons fait quelques brasses et elle s'est collée contre moi. J'ai senti ses jambes autour des miennes et je l'ai désirée.* (p. 84)

En associant la mer aux corps et au désir, le texte crée ainsi un véritable emploi métaphorique du langage : être dans l'eau ensemble équivaut à faire l'amour. Délivrance du corps et du désir, l'eau est aussi délivrance de la parole. Hors de l'eau, les rapports entre les corps de Meursault et de Marie sont tus entre deux paragraphes :

> *... en sortant [du cinéma] elle est venue chez moi. Quand je me suis réveillé, elle était partie* (p. 36).
> *J'avais laissé la fenêtre ouverte et c'était non de sentir la nuit d'été couler sur nos corps bruns.*
> *Ce matin, Marie est restée* (p. 58).

■ LECTURE DU CHAPITRE 6 A PARTIR DE L'ÉTUDE TABULAIRE DU SOLEIL ET DE LA MER

> *Au même instant, la sueur amassée dans mes sourcils a coulé d'un coup sur mes paupières et les a recouvertes d'un voile tiède et épais. Mes yeux étaient aveuglés par ce rideau de larmes et de sel.* (p. 94)

Cet extrait peut être lu selon deux approches :

— Rattachés au champ lexical de la souffrance physique provoquée par le soleil, les mots *sueur, paupières, yeux, larmes* renvoient à une description des symptômes de l'insolation. Le texte, par ailleurs, conforte cette lecture et cette interprétation : à l'heure où, au mois de juin, sur une plage algéroise, le soleil tombe *presque d'aplomb*, Meursault se promène *tête nue* (p. 85) alors qu'il a mangé et, surtout, bu plus que d'habitude [*Masson buvait souvent du vin et il me servait sans arrêt. Au café, j'avais la tête lourde* (p. 84)] : toutes les conditions pour être victime d'une insolation sont réunies.

— Rattaché au vocabulaire de la fatalité et du tragique, le mot **aveuglés** prend un sens nouveau : le destin aveugle sa victime avant de la frapper.

Nous pouvons étendre cette double lecture à l'ensemble de la scène du meurtre :

— Le meurtre de l'Arabe apparaît comme la conséquence de l'état physique de Meursault provoqué par un abus de boisson et un séjour prolongé au soleil, tête nue. Victime d'une insolation, il agit d'une manière mécanique sans savoir vraiment ce qu'il fait. Arrêté, il est conduit en prison.

— Le meurtre de l'Arabe n'est qu'un alibi réaliste : au niveau de la fiction, cette scène confronte deux personnages aux identités (relativement) définies, Meursault et un Arabe ; la narration (plus précisément ici, les champs lexicaux) permet de construire une lecture différente et de proposer une interprétation autre : **Meursault tente de tuer le soleil**.

Deux éléments du texte confortent cette hypothèse :

— Avant même la nouvelle rencontre avec l'Arabe, la phrase : *A chaque épée de lumière jaillie du sable, d'un*

coquillage ou d'un débris de verre, mes mâchoires se cris-
paient prouve que l'agression du soleil contre Meursault commence avant même que l'Arabe ne soit de nouveau là sur
la plage (p. 92).

— Entre le moment où *l'Arabe a tiré son couteau* (p. 94)
et, une page plus loin, *j'ai tiré (...) sur un corps inerte,*
l'Arabe disparaît complètement du texte : Meursault n'est
dès lors plus agressé que par le glaive et l'épée, éclats du
soleil.

Pourquoi Meursault tire-t-il sur le soleil ?

— Il ne peut plus trouver refuge dans l'eau : le chemin de
la source lui est interdit par la présence des Arabes ; la mer
elle-même charrie *un souffle épais et ardent.*

— Il veut se débarrasser de la force inexorable du destin qui
le prive de toute liberté.

— Il veut se débarrasser aussi de la lumière qui révèle et qui
juge.

Sur cette plage brûlante de soleil, il a *envie de fuir le soleil,*
(...) *envie enfin de retrouver l'ombre et son repos* (p. 92).
Plus tard, quand il est en prison, il entre dans le parloir,
la lumière l'éblouit : *ma cellule [est] plus calme et plus som-*
bre. (p. 115)

Au soleil, comme à la lumière, Meursault préfère l'ombre
et le calme. Pour réaliser son envie de l'ombre et du repos,
c'est-à-dire pour retrouver sa cellule, il fallait d'abord qu'il
tue le soleil.

La fiction nous raconte l'histoire d'un homme qui a tué
un Arabe, qui est arrêté et conduit en prison. La narration,
à travers le choix même du vocabulaire qu'elle utilise, sug-

gère une autre lecture : un homme qui désire vivre loin du soleil et de la lumière réalise ce désir d'abord, épisodiquement, dans l'eau, puis, définitivement, en prison.

Vivre dans l'eau, ce serait vivre son corps avec ses seuls désirs, dépouillés de toute distinction sociale. Vivre dans l'ombre / à l'ombre, ce serait vivre en dehors de la vaine et excessive agitation du monde. Mais peut-être fixons-nous par des formules trop rigoureuses toutes les possibilités d'interprétations latentes qui sont en jeu dans les différents champs lexicaux associés à la mer et au soleil.

Le travail sur les champs lexicaux éclaire aussi une métaphore de ce chapitre 6 : *le ventre poli de la crosse* du revolver qui tue l'Arabe. Le mot *ventre* renvoie au corps de Marie : dans l'acte même qui donne la mort, ce ventre féminin suggère la vie.

Emettons l'hypothèse que, par ce geste qui tue, Meursault se donne une nouvelle vie.

• Les connotations du champ lexical des armes blanches associé au soleil

Les mots ont un sens dénoté, qui correspond au sens du dictionnaire, et un sens connoté, plus subjectif, lié à l'expérience personnelle, mais aussi à un milieu social ou à une culture donnée. Ainsi dans le chapitre 6 de *L'Étranger*, le mot **couteau**, employé pour l'Arabe et les mots **longue lame**, **épée**, employés pour le soleil ont des connotations très différentes qui opposent deux univers profondément différents : la bagarre au couteau, liée à des milieux populaires, voire aux bas-fonds ; le duel à l'épée, combat propre à la noblesse.

De même, le mot glaive, ainsi défini par le *dictionnaire Littré* :

1. Épée tranchante (usité surtout en poésie et dans le style soutenu). 2. La guerre, les combats (...) 3. Le droit de vie et de mort. Le souverain a la puissance du glaive. Le glaive des lois. Le glaive de la vengeance. Le glaive temporel, la justice séculière (...) 6. Terme d'Antiquité romaine. La profession de gladiateur. Condamner au glaive.

De ces extraits nous retiendrons : le niveau de langue, l'attribut symbolique de la justice et de la loi et le combat de gladiateurs (qui nous fait penser au lieu clos de l'arène, espace circulaire sablé).

• Les effets d'intertextualité

Certains mots ou expressions du texte rappellent des emplois dans d'autres textes :

L'épée brûlante qui fouille les yeux douloureux évoque le supplice de Michel Strogoff dans le roman de Jules Verne, forme archaïsante de la justice et plus généralement, au Moyen Age, le jugement de Dieu : celui qui niait sa culpabilité pouvait prouver son innocence en s'emparant d'une épée rougie au feu qui, s'il était innocent, ne devait pas le brûler.

Le souffle ardent et la **pluie de feu** évoquent le châtiment des villes de Sodome et de Gomorrhe dans la Bible : *Alors l'Éternel fit pleuvoir du ciel sur Sodome et sur Gomorrhe du soufre et du feu ; il porta ses regards du côté de Sodome et Gomorrhe (...) et voici, il vit s'élever de la terre une fumée, comme la fumée d'une fournaise.* **Génèse** 19, 24 & 28

Ce passage du meurtre tranche donc assez nettement par son écriture avec le reste de l'œuvre, tant par un niveau de langue différent que par les références à des œuvres, à des cultes ou à des rituels qui enracinent le conflit du soleil et de Meursault dans une tradition culturelle. Il ne s'agit pas

— à supposer que cela soit possible — de donner un sens à chaque référence mais de repérer en cet endroit du texte l'apparition d'un faisceau de souvenirs, de suggestions et de connotations qui fait la spécificité de ce passage du roman.

REPÈRES

Champ lexical : ensemble des mots (noms, adjectifs, verbes) qui recouvrent une même réalité ou un même concept.

Exemple : le champ lexical de l'habitation comprend :

— les noms qui désignent différents types d'habitation : pavillon, baraque, igloo...

— les différentes parties de l'habitation : chambre, rez-de-chaussée, porte...

— les verbes et adjectifs qui peuvent qualifier et caractériser une habitation : construire, loger... ; insalubre, confortable...

— etc.

Il ne faut pas confondre le champ lexical et le

Champ sémantique :

Le champ sémantique d'un terme polysémique (qui a plusieurs sens) est l'ensemble des acceptions (significations) de ce mot dans les différents contextes où il se trouve.

Exemple : le mot *feu*   il a mis le feu à la maison ;
il a fait feu sur un
gendarme ;
le feu de la passion le
dévore ;
Feue la mère de Madame
(pièce de Feydeau).

Le travail que nous avons proposé sur le vocabulaire dans ce chapitre atteste que les notions de champ lexical et de champ sémantique permettent de décrire et de classer des phénomènes de langue ; quand on les applique à un texte, elles permettent d'y rendre compte d'un travail sur la langue.

Ainsi dans *L'Étranger*, les champs sémantiques (les différents sens du mot *éclat* ou du mot *taper*) et les champs lexicaux aboutissent à une personnification du soleil ou à des usages métonymiques ou métaphoriques des mots : l'éclat du soleil devient une arme ; le bien-être du corps dans l'eau se lit comme le plaisir physique de l'amour.

L'étude tabulaire du vocabulaire et les associations de champs sémantiques et lexicaux révèlent donc de nouveaux effets de texte qui induisent de nouveaux effets de sens.

III. LES RAPPORTS DE LA FICTION ET DE LA NARRATION

En comparant la première et la dernière page de *L'Étranger*, nous avons constaté une évolution de la forme de la narration. Et nous avons formulé une double hypothèse :

— dans la fiction, le personnage est plus libre dans la deuxième partie, où il est en prison, que dans la première partie, où il vit libre ;

— l'évolution de la narration est parallèle à cette évolution dans la fiction.

C'est cette double hypothèse que nous allons maintenant vérifier.

■ CHRONOLOGIE DE LA FICTION

Nous allons d'abord vérifier notre hypothèse à partir d'un travail sur la manière dont la narration rend compte de la fiction.

Nous avons noté au chapitre précédent que certains moments n'étaient pas racontés (les nuits avec Marie). Inversement, un événement qui ne dure qu'un instant dans la fiction peut être raconté en détail dans la narration et y occuper le même nombre de pages qu'un événement qui dure plus longtemps dans la fiction. C'est ce jeu entre la durée de la fiction et la place qui lui est accordée dans la narration que nous allons étudier en présentant *L'Étranger* sous forme d'un tableau construit de la manière suivante :

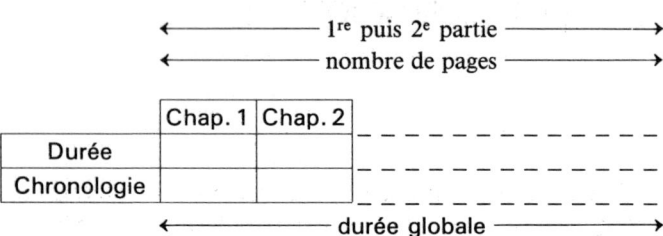

Pour chaque chapitre, nous allons repérer :

— la durée de la fiction ;

— la place de celle-ci dans la chronologie (repérage des jours, mois...).

Nous indiquerons aussi pour chaque partie sa durée globale et le nombre de pages.

**1re partie
86 p.**

	CHAP. 1	CHAP. 2	CHAP. 3	CHAP. 4	CHAP. 5	CHAP. 6
Durée	Deux jours	Deux jours	Un jour 20 lignes : la matinée au bureau 30 lignes : entre 12 h 30 et la reprise du travail. 2 lignes : après-midi du bureau 278 lignes : la soirée	6 lignes : **la semaine** 8 pages 1/2 : **Deux jours**	Un jour	Un jour
Chronologie	JEUDI-VENDREDI (1)	SAMEDI-DIMANCHE	LUNDI (2)	SAMEDI-DIMANCHE	UN JOUR DE LA SEMAINE	DIMANCHE

← —————— 18 jours (en juin) (3) —————— →

**2e partie
85 p.**

	CHAP. 1	CHAP. 2	CHAP. 3	CHAP. 4	CHAP. 5
Durée	Onze mois	Cinq mois (inclus dans les onze mois précédents)	Un jour	Un jour	Indéterminée
Chronologie			Un jour en juin	Le lendemain	

← —————— plus d'un an —————— →

Remarques sur la réalisation du tableau

1. Chapitre 1 : le chapitre permet d'établir la durée de la fiction (trente-six heures environ : de la matinée d'un jour à la soirée du suivant) ; c'est le début du chapitre suivant qui permet de la situer dans la chronologie, le jeudi et le vendredi.

2. Chapitre 3 : le lundi n'est pas nommé dans le texte, mais son patron lui demande s'il n'est pas trop fatigué et *il a voulu savoir l'âge de maman* (p. 43).

   Un tas de connaissements s'accumulent sur sa table : ceux qu'il aurait dû traiter le jeudi et le vendredi (id.)

   C'est la deuxième partie qui permet d'établir que la première se déroule en juin. Chapitre 3 : il y a un an qu'il est en prison : *l'été a très vite remplacé l'été* (p. 127). *Mon affaire était inscrite à la dernière session [qui] se terminerait avec le mois de juin* (id.).

• **Interprétations**

Deux rythmes différents

La grille fait apparaître une très nette opposition entre les deux parties : pour un même nombre de pages, la fiction de la première dure dix-huit jours, celle de la seconde, plus d'un an. Le rythme de la première et celui de la deuxième partie sont donc différents.

Si l'on compare le chapitre 1 de la première partie (trente-six heures environ en 22 pages) et le chapitre 1 de la deuxième partie (onze mois en 12 pages), chaque fois que le lecteur tourne une page — à supposer qu'il garde le même rythme de lecture — dans le premier cas, il s'est écoulé environ une heure trente dans la fiction, dans le second cas, environ vingt-huit jours.

Le tempo de la première partie est beaucoup plus lent que celui de la deuxième partie.

Caractéristiques de la première partie

La première partie est dominée par les jours de congé et les jours de repos. Quant aux trois chapitres où il est fait référence au jour de la semaine, l'essentiel se déroule en dehors des heures de bureau :

Chapitre 3 : 22 lignes au bureau sur 330
Chapitre 4 : 6 lignes pour la semaine
     8 pages et demie pour le samedi et le dimanche
Chapitre 5 : 55 lignes pour la semaine sur 243.

L'essentiel de la fiction se déroule donc le jeudi et le vendredi de l'enterrement, les samedi et dimanche et le soir après le travail.

Nous pouvons mettre cette analyse de la chronologie en rapport avec la profession de Meursault, employé de bureau, et en conclure qu'il organise sa vie en fonction de ses horaires de travail. Quand il apprend la mort de sa mère, sa première préoccupation est celle de l'organisation de son emploi du temps : heures de départ et d'arrivée du car, temps disponible pour la veillée, horaire du retour, temps de congé à demander à son patron.

Si le temps essentiel de la fiction est le temps libre, ce temps libre n'est pas forcément temps de plaisir. *Je n'aime pas le dimanche*, écrit-il (p. 36) — et la chronologie du dimanche est presque minutée comme un horaire de bureau :

p. 36 dix heures
  midi
  après le déjeuner

p. 37 l'après-midi
p. 39 à cinq heures
      le soir
p. 41 le dîner

Tout se passe comme si le dimanche était source d'ennui parce qu'il ne reste plus qu'un horaire sans rien de particulier à faire.

Caractéristiques de la deuxième partie

Il est intéressant de noter que les chapitres 3 et 4 de la deuxième partie où sont racontés les deux jours du procès reviennent au rythme de la première partie : lever à 7 h 30 (p. 127), la coupure du midi (p. 136), et la fin de l'audience (p. 148) : Meursault y renoue avec un horaire et une organisation minutée de la journée. A l'exception de ces deux chapitres, le rythme, dans la deuxième partie, n'est plus le même : l'unité de temps n'est plus l'heure mais le mois.

Du point de vue de la chronologie, deux phénomènes caractérisent cette deuxième partie :

— Dans le chapitre 2, Meursault raconte des événements qui se sont déroulés dans la même période que ceux racontés dans le chapitre précédent. Il ne suit donc plus un temps linéaire ; il peut revenir en arrière pour réfléchir sur certains événements. En quelque sorte, le chapitre 2 arrête le cours du temps entre la fin du chapitre 1, onze mois après son arrestation et le chapitre 3 qui reprend au bout de ces onze mois *(Au fond, l'été a très vite remplacé l'été).*

Nous reviendrons sur cette analyse quand nous étudierons les formes du récit.

— Dans le dernier chapitre, toute notion de chronologie disparaît : il n'est pas possible d'évaluer le temps qui s'est écoulé entre la condamnation et la dernière phrase du livre.

• Bilan

En nous fondant sur la comparaison de la première et de la dernière page, nous avons formulé l'hypothèse que Meursault était plus libre dans la deuxième que dans la première partie ; l'analyse de la durée et de la chronologie de la fiction conforte cette hypothèse : en liberté, Meursault est soumis à un emploi du temps qui organise sa vie en fonction des grilles d'un horaire, il n'est pas maître de son temps ; cette contrainte ne semble plus marquer sa vie en prison puisque, comme en témoigne le chapitre 2, il maîtrise suffisamment le temps pour en suspendre le cours.

Trois épisodes viennent conforter l'hypothèse de la contrainte du temps dans la première partie :

— Il retrouve Marie Cardona, *une ancienne dactylo de mon bureau dont j'avais eu envie à l'époque. Elle aussi, je crois. Mais elle est partie peu après et nous n'avons pas eu le temps.* (p. 34)

— *Je ne sais pas pourquoi j'ai pensé à maman. Mais il fallait que je me lève tôt le lendemain. Je n'avais pas faim et je me suis couché sans dîner.* (p. 65)

Dans les deux cas, le désir (désir de Marie, désir de penser à sa mère) est contrarié par le temps qui passe ou qui est chronométré ; pour Meursault, obligé de se lever tôt, le besoin de dormir l'emporte sur l'effusion sentimentale. (*A cette heure,* [les collègues de bureau] *se levaient pour aller au travail : pour moi c'était toujours l'heure la plus difficile* (p. 22). Angoisse de se lever tôt, angoisse de manquer de sommeil).

— *Marie nous a dit tout d'un coup : « Vous savez quelle heure il est ? Il est onze heures et demie ». Nous étions tous étonnés mais Masson a dit qu'on avait mangé très tôt, et que c'était naturel parce que l'heure du déjeuner, c'était l'heure où l'on avait faim* (p. 84). L'heure du déjeuner, c'est l'heure où l'on a faim : vérité du dimanche ou plutôt d'un dimanche exceptionnel où le désir l'emporte sur l'horaire.

En dehors de cet épisode, il en va en effet tout autrement :

— les repas sont une habitude (chez Céleste)

— ils apparaissent comme une obligation qui impose des contraintes pénibles (il mange sans pain car il ne veut pas descendre en acheter, p. 36 ; il accepte l'invitation de Raymond parce qu'elle lui évitera d'avoir à faire la cuisine, p. 48)

— il n'a pas toujours faim à l'heure où il faudrait manger : *Je n'avais pas faim et je me suis couché sans dîner,* p. 66.

■ CHRONOLOGIE DE LA NARRATION

La comparaison du début et de la fin de *L'Étranger* nous a aussi permis de constater une évolution de la chronologie de la narration par rapport à la chronologie de la fiction. Dès le premier mot, *aujourd'hui*, le texte se présente comme un journal, alors que la forme de la dernière page est très différente.

Nous préciserons cette différence à partir de deux phrases de *L'Étranger* :

> 1. *Raymond m'a dit qu'un de ses amis m'invitait à passer la journée de dimanche dans son cabanon.* (p. 67)

2. *Le dimanche, j'ai eu du mal à me réveiller* (p. 77).

En 1, le moment de la fiction est situé par rapport au moment de la narration : la journée **de** dimanche (par opposition à la journée **du** dimanche), c'est le dimanche de la semaine où est écrit le texte. Il y a coïncidence entre le moment de la fiction et le moment de la narration.

En 2, au contraire, le moment de la fiction est situé par rapport aux événements antérieurs de la fiction : le dimanche, c'est le dimanche dont il a déjà été question précédemment. Il n'est plus possible de situer le moment de la narration : elle intervient certes après coup, mais sans qu'il soit possible de déterminer combien de temps après les événements a lieu leur narration.

En 1, la forme est celle d'un journal.

En 2, elle est plutôt celle de mémoires ou de confessions.

Nous trouvons là une première confirmation de notre hypothèse d'un parallélisme entre l'évolution du personnage dans la fiction (qui se libère du temps) et l'évolution de la narration ; en effet, par opposition à la forme du journal qui ne peut prendre aucun recul par rapport à l'événement, la forme des mémoires est beaucoup moins soumise au temps, qu'elle peut dominer.

Pour conforter cette hypothèse, nous allons repérer d'une façon plus précise le passage du journal aux mémoires, en relevant dans tous les débuts de chapitre les expressions qui marquent le texte comme journal et celles qui le marquent comme mémoires.

• **Relevé**

    — Première partie
Chap. 1   *Aujourd'hui* (1er mot)
Chap. 2   *C'est aujourd'hui samedi* (4e ligne)

Chap. 3   *Aujourd'hui* (1er mot)
Chap. 4   *Hier c'était samedi* (6e ligne)
Chap. 5   *La journée du dimanche* (3e ligne)

Chap. 6   *le dimanche* (1er mot)

— Deuxième partie
Chap. 1   *Tout de suite après mon arrestation* (1ers mots)
Chap. 2   *Quand je suis entré en prison* (2e ligne) ; *Plus tard* (1ers mots du 2e paragraphe)
Chap. 3   *L'été a très vite remplacé l'été* (1re phrase)
Chap. 4   *Pendant les plaidoiries* (3e ligne)

Chap. 5   *En ce moment*

• Interprétations

Nous pouvons remarquer une nette opposition entre, d'une part, les cinq premiers chapitres de la première partie, plus le dernier chapitre du livre et, d'autre part, le dernier chapitre de cette partie et les quatre premiers chapitres de la deuxième partie.

L'Étranger apparaît donc comme un journal qui devient Mémoires. Quant au dernier chapitre, sa datation est plus une période *(en ce moment)* — celle qui suit la condamnation à mort et précède l'exécution — que vraiment un jour précis et il a, par là même, un statut qui n'est plus celui du journal. Cette interprétation du livre comme journal tenu par Meursault soulève cependant quelques objections.

Certaines notations du texte sont en contradiction avec la rédaction d'un journal :

— au chapitre 4 de la première partie, le narrateur emploie *hier* (p. 57) puis *le lendemain* (p. 66) là où *demain* serait plus cohérent ;

— page 21, le narrateur écrit : *Je crois maintenant que cette impression était fausse ;* le *maintenant* introduit un écart entre le moment du vécu et le moment de l'écriture assez peu compatible avec la forme du journal qui suppose au contraire une coïncidence entre ces deux moments.

En outre, il n'est pas toujours possible de situer le moment de l'acte même de l'écriture du journal dans la chronologie des faits rapportés. Les deux premiers paragraphes du texte permettent de situer précisément ce moment de l'écriture.

Aujourd'hui : le texte est écrit le jour même de la réception du télégramme ;

Je prendrai l'autobus à deux heures : il l'a été avant deux heures.

Ces deux premiers paragraphes ont donc été écrits après l'arrivée du télégramme, avant 2 h : le texte se présente bien comme un journal dont il est possible de situer le moment de l'écriture. Mais la suite pose plus de problèmes.

A partir du paragraphe 3 : *J'ai pris l'autobus à deux heures*, le texte a été écrit plus tard. Quand ? La chronologie de la fiction ne laisse guère de place à un moment pour l'écriture entre le voyage, l'arrivée à l'asile, la veillée mortuaire, l'enterrement et le voyage de retour. Le chapitre s'achève sur la perspective d'aller se coucher et de dormir pendant douze heures : il exclut donc la possibilité d'une rédaction du journal ce soir-là.

Or le chapitre suivant commence : *En me réveillant (...) c'est aujourd'hui samedi* : il implique que le samedi Meursault a raconté les événements du samedi, il n'a pas écrit ceux du vendredi. Quand, du reste, il évoque cette journée du vendredi, il écrit *la veille*.

Nous ne poursuivrons pas l'analyse de la suite du texte : si *l'Étranger* se présente comme un journal, il nous est impossible de situer le moment de l'écriture par rapport aux événements racontés, exception faite des deux premiers paragraphes du texte. Comment résoudre les difficultés que nous rencontrons dans le texte tant pour établir la chronologie de la narration (Quand Meursault a-t-il écrit ?) que pour préciser la forme même de la narration (Dans quelle mesure s'agit-il d'un journal ?) ?

Une première solution consiste à affirmer que tout a été écrit après coup, en prison, et que la forme du journal serait une reconstitution de son passé tel qu'il l'a vécu, au jour le jour.

Cette hypothèse résout en effet certains des problèmes que nous avons rencontrés et fait passer pour des « inadvertances » du narrateur l'utilisation du *lendemain* au lieu de *demain* ou celle de *maintenant* (qui pourrait être lu : *maintenant que je suis en prison*). Mais rien dans le texte ne vient étayer cette hypothèse. En la formulant, nous devons être conscients que nous ne considérons pas Meursault comme un personnage, être d'encre et de papier qui n'existe pas en dehors du texte, mais comme une personne réelle dont nous reconstituons certains des éléments de sa vie qu'elle nous a « cachés ». Peut-être sommes-nous alors en train d'inventer un roman qui n'existe pas, le roman d'un roman...

Nous formulerons une hypothèse différente que nous nous efforcerons de fonder sur l'analyse du texte, et du texte seul : la narration de *L'Étranger* fait elle-même partie de la fiction.

L'Étranger est un roman qui veut **passer pour** un journal, sans s'imposer cependant toutes les contraintes du genre. Nous en avons une preuve dans le fait que toutes les marques textuelles qui désignent le roman comme journal sont essentiellement présentes dans les trois premiers paragraphes du texte et dans les débuts de chapitre. Tout se passe donc comme s'il s'agissait de donner au lecteur l'impression qu'il lit un journal, mais une fois cet effet produit, les marques du genre deviennent, dans le détail du texte, beaucoup moins nombreuses et beaucoup moins rigoureuses.

Cette hypothèse induit que nous devons lire *L'Étranger* comme un journal puis comme des Mémoires, mais aussi que nous devons nous interroger sur les effets de sens produits par ces effets de texte : Pourquoi ce recours à la forme du journal ? Pourquoi cette transformation ensuite en un autre genre ? Pour nous, une des réponses possibles à ces questions est de considérer que le texte, dans sa forme même, témoigne de l'évolution du personnage racontée au niveau de la fiction. Quant aux dysfonctionnements éventuels du texte, avant de les ranger dans la catégorie des inadvertances, il faudra nous demander s'ils ne sont pas aussi des effets de texte.

■ LES FORMES DE LA NARRATION

La comparaison du début et de la fin de *L'Étranger* nous a montré également une différence dans le choix des événements racontés : récit de faits matériels dans la première page, réflexions du narrateur dans la dernière. Si nous reprenons la définition du roman comme une suite d'actions qui conduisent d'une scène initiale à une scène finale, nous pouvons préciser que les réflexions du narrateur constituent une **pause** [réflexive[1]] dans le récit, dont elles interrompent le déroulement chronologique. Par opposition aux pauses, nous appellerons **sommaires** les récits de faits matériels.

---

1. Il existe d'autres pauses : les pauses descriptives.

• Sommaires et pauses

Nous avons déjà signalé que le chapitre 2 de la deuxième partie est un retour en arrière qui suspend le cours du temps. De même, les pauses constituent un moyen pour la narration d'arrêter ou de commenter le cours des événements de la fiction.

Une analyse plus précise de la place respective des sommaires et des pauses dans *L'Étranger* peut donc constituer une vérification supplémentaire de notre hypothèse d'un parallèle entre :

— la fiction qui raconte la vie d'un employé de bureau, soumis au temps, qui se libère en prison de cette contrainte

— et la narration dont les formes se libèrent elles aussi de la contrainte temporelle.

On constate que tous les chapitres de la première partie commencent par des sommaires, ainsi que le premier chapitre de la deuxième partie. Les chapitres 2, 3 et 4 de la deuxième partie commencent au contraire par des pauses réflexives. Les pauses en début de chapitre apparaissent donc dans la deuxième partie. En particulier, les chapitres 3 et 4 (les chapitres du procès) ont une structure temporelle qui rappelle celle des chapitres de la première partie (p. 38), mais ils en diffèrent cependant essentiellement en ceci qu'ils s'ouvrent sur des pauses réflexives entièrement absentes des chapitres de la première partie. Cette analyse confirme donc l'idée d'une deuxième partie qui, à tous les niveaux de la narration, est beaucoup moins soumise au temps que la première.

• Récit singulatif et récit itératif

Ces conclusions peuvent être confortées par l'analyse de

deux manières différentes de raconter. Soit cet extrait de
L'Étranger :

> *Avant de quitter le bureau pour aller déjeuner, je*
> *me suis lavé les mains. A midi, j'aime ce moment. Le*
> *soir, j'y trouve moins de plaisir parce que la serviette*
> *roulante qu'on utilise est tout à fait humide : elle a*
> *servi toute la journée* (p. 43).

La première phrase raconte une scène qui s'est déroulée
un jour précis (le lundi après l'enterrement de la mère). Les
phrases suivantes racontent une scène qui s'est déroulée plusieurs fois, mais ne la racontent qu'une fois.

Nous distinguerons donc deux formes de récit :

— **singulatif**, quand la narration raconte une fois un événement qui s'est déroulé une fois ;

— **itératif**, quand la narration raconte une fois ce qui s'est
déroulé plusieurs fois.

Nous constatons que toutes les ouvertures des chapitres
de la première partie sont des récits singulatifs, alors qu'à
l'exception du chapitre 3, toutes les scènes d'ouverture de
la deuxième partie sont itératives : nouvelle preuve d'un récit
de moins en moins soumis à la chronologie et à la contrainte
du temps.

Les scènes et les pauses, le singulatif et l'itératif ne sont
pas de simples techniques narratives ; ces formes de la narration sont en rapport étroit avec une conception du temps :
les changements qui interviennent entre la première et la
deuxième partie dans l'organisation même du récit témoignent que peu à peu le temps est dominé. Les événements
ne sont plus racontés dans l'ordre où ils se sont déroulés ;
ils ne sont plus racontés pour eux-mêmes : ils situent les étapes d'une réflexion intérieure qui recense et regroupe les

faits (de façon itérative) pour les commenter (dans des pauses réflexives).

Nous pouvons récapituler sous forme d'un tableau ce que nous avons relevé au niveau de la fiction et de la narration :

	Première partie	Deuxième partie
Fiction	vie de Meursault employé de bureau	vie de Meursault prisonnier puis condamné à mort
Chronologie de la fiction	fondée sur l'heure et la journée	fondée sur le mois et les périodes longues sauf dans les deux chapitres du procès
Formes de la narration	journal	mémoires puis forme spécifique du dernier chapitre
	sommaires	pauses réflexives
	singulatif	itératif

Ce tableau vérifie notre hypothèse : l'évolution du personnage dans la fiction est parallèle à l'évolution de la narration dont les formes marquent une libération progressive à l'égard de la chronologie et du récit événementiel pour faire une place de plus en plus grande à la confrontation d'événements et à la réflexion.

REPÈRES

**Rappel des notions techniques
utilisées pour notre lecture méthodique**

Récit singulatif :	raconter une fois ce qui s'est déroulé une fois
Récit itératif :	raconter une fois ce qui s'est déroulé plusieurs fois
Sommaire :	raconter des événements de façon plus ou moins détaillée
Pause	
Réflexive :	commentaire du narrateur
Descriptive :	description de lieux, d'objets ou de personnes
Ellipse :	événements qui ne sont pas racontés (par exemple, les nuits avec Marie)
Retour en arrière :	raconter ou évoquer après coup un événement antérieur au point de l'histoire où l'on se trouve (par exemple, le chapitre 2 de la deuxième partie)

Nous signalerons également, par opposition au retour en arrière,

l'Anticipation :	raconter ou évoquer d'avance un événement ultérieur (par exemple : *je prendrai l'autobus à deux heures*)

> **Prolongements**
>
> Analyser précisément les différentes formes de la narration utilisées dans le chapitre 2 de la première partie et dans le chapitre 2 de la deuxième partie.
>
> Quelles conclusions peut-on tirer de l'analyse comparée de ces deux chapitres ?

IV. *L'ÉTRANGER,*
UN ROMAN POLYPHONIQUE ?

La comparaison du début et de la fin de *L'Étranger* nous a conduits à formuler l'hypothèse que les personnages de Meursault et de sa mère, pris dans un réseau d'oppositions et de parallèlismes, apparaissent plus comme « complémentaires » l'un de l'autre que comme véritablement « autonomes ».

Cette hypothèse nous amène à nous interroger sur le statut même du personnage dans le roman. Nous la préciserons ainsi : *L'Étranger* est un roman qui, par différents procédés,

– rend problématique le rapport entre « je » et les autres ;

– fait éclater la notion traditionnelle de personnage.

Pour vérifier cette hypothèse, nous étudierons dans ce chapitre la façon dont le texte fait entendre la voix des autres ; nous étudierons dans les chapitres suivants le regard de Meursault sur lui-même et sur les autres, puis les autres comme doubles et reflets de Meursault.

■ POLYPHONIE ET SENS

L'Étranger, p. 50 : *J'ai connu une dame… c'était pour ainsi dire ma maîtresse.*

Le « je » qui s'exprime ici n'est pas Meursault, mais Raymond : d'autres voix que celle du narrateur se font donc entendre dans *L'Étranger*. C'est cette polyphonie que nous allons maintenant étudier, à partir de l'émergence, dans le récit en je de Meursault, d'autres *je* :

— *je* peut apparaître dans un dialogue avec Meursault ;

— *je* peut raconter sa propre histoire ;

— *je* peut raconter un événement déjà raconté par Meursault ;

— Indépendamment du *je*, certains mots sont caractéristiques des façons de parler de certains personnages.

Je dans les dialogues

Tout au long du roman, Meursault rapporte au style direct, entre guillemets :

— les propos des personnages avec lesquels il dialogue : *J'ai dit « Je ne sais pas ». Alors, tortillant sa moustache blanche,* [le concierge] *a déclaré sans me regarder : « Je comprends. »* (p. 14) ;

— les propos qu'il entend mais dont il n'est pas le destinataire direct : *Le directeur a ordonné dans le téléphone en baissant la voix : « Figeac, dites aux hommes qu'ils peuvent aller. »* (p. 23)

Il arrive dans ce dernier cas que les paroles entendues créent une sorte de cacophonie où la signification disparaît. Dans le parloir de la prison, les voisins de Meursault dialoguent : *Jeanne n'a pas voulu le prendre, criait-elle à tue-tête — Oui, oui, disait l'homme. — Je lui ai dit que tu le reprendrais en sortant, mais elle n'a pas voulu le prendre* (p. 116). Ces paroles n'ont guère de sens dans la mesure où *Jeanne* et *le* ne sont pas identifiables.

Certains personnages deviennent à proprement parler les narrateurs de leur propre histoire, qu'ils racontent à Meursault.

Ainsi, Raymond à partir de la page 48 : *Vous comprenez, Monsieur Meursault, m'a-t-il dit, ce n'est pas que je sois méchant...*
Ainsi aussi, Salamano, page 64 : *Je l'ai emmené au champ de manœuvres, comme d'habitude...*
Nous avons donc ici l'impression d'une véritable polyphonie où la voix de Meursault se combine avec celle d'autres personnages dont la voix s'élève pour faire entendre d'autres histoires que la sienne.

Parfois, enfin, un événement déjà raconté à la première personne par Meursault est à nouveau raconté à la première personne par un autre personnage.

p. 17	p. 139
Meursault se demande s'il peut fumer *devant maman : J'ai réfléchi, cela n'avait aucune importance. J'ai offert une cigarette au concierge et nous avons fumé.*	le concierge : *Je sais bien que j'ai eu tort. Mais je n'ai pas osé refuser la cigarette que Monsieur m'a offerte.*

Nous distinguerons ce cas du précédent : ce ne sont pas seulement deux *je* différents qui parlent, ce sont **deux points de vue** qui s'expriment sur le même événement. Nous y reviendrons à propos de la focalisation.

Certains mots caractérisent les manières de parler des personnages.

Certaines particularités de langage sont relevées par Meursault : le concierge dit *ils, les autres* ou *les vieux* pour parler des pensionnaires (p. 16) ; Mme Masson a *l'accent parisien*

(p. 81) et son mari a *l'habitude de compléter tout ce qu'il annonce par un « et je dirai plus », même quand, au fond, il n'ajoute rien au sens de sa phrase* (p. 82). Meursault semble donc sensible aux idiolectes (« ensemble des habitudes verbales d'un individu »). Certains termes sont spécifiques d'un personnage (ou d'une institution).

Ainsi, dès le début du texte, l'opposition entre *maman est morte* et *mère décédée* fait entendre la voix du fils et celle de l'administration. Cette polyphonie est complétée par d'autres voix : Salamano dit *votre pauvre mère* (p. 75) et l'avocat général, *celle qui lui a donné le jour* (p. 140, à mettre en rapport avec le père *auteur de ses jours*, p. 156). De même, Meursault est surpris d'entendre le procureur parler de *sa maîtresse : pour moi, elle était Marie* (p. 153).

Là encore, le choix des mots est très proche d'une façon de voir et de juger : le procureur associe *maîtresse* à *liaison irrégulière* (p. 144) et *débauche* (p. 147), formulant ainsi un point de vue sur les rapports entre Meursault et Marie.

Le texte organise donc par différents procédés une véritable polyphonie. Nous l'avons noté, cette polyphonie peut rapidement devenir cacophonique : le sens disparaît derrière l'abondance et l'entrecroisement des voix.

De plus, le texte s'interroge – et nous interroge – sur les rapports, précisément, de la polyphonie et du sens.

■ POLYPHONIE ET IDENTIFICATION DU JE

L'avocat de Meursault prend la parole :
   « *Il est vrai que j'ai tué.* » *Puis il a continué sur ce ton, disant « je » chaque fois qu'il parlait de moi.*

> *J'étais très étonné (...) J'ai pensé que c'était m'écar-*
> *ter encore de l'affaire, me réduire à zéro et, en un cer-*
> *tain sens, se substituer à moi.* (p. 159)

Nous percevons donc une discordance. Plusieurs voix peuvent s'élever empruntant tour à tour le même pronom *je* pour exprimer des identités différentes : *je* peut être Meursault ou le concierge ou Raymond ou l'agent venu interpeller Raymond. Mais, inversement, le *je* peut être emprunté par quelqu'un qui parle pour un autre.

Comment donc identifier le *je* ? Nous approfondirons ce problème de l'identité à partir des *personnages en miroir*. Revenons à la page 50 de *L'Étranger* : nous y entendons la voix de Raymond mais, rapidement, cette voix est à nouveau prise en charge par celle de Meursault.

> *« J'ai connu une dame... c'était pour ainsi dire ma*
> *maîtresse. » L'homme avec qui il s'était battu était le*
> *frère de cette femme. Il m'a dit qu'il l'avait entretenue.*

Après avoir utilisé dans la première phrase **le style direct** (les propos de Raymond sont rapportés, entre guillemets, tels qu'il est censé les avoir prononcés), le texte utilise successivement le style indirect libre puis le style indirect :

Le style indirect : les propos de Raymond, *Je l'ai entretenue*, sont rapportés dans une complétive dépendant d'un verbe introducteur « dire », ce qui entraîne des transpositions de pronom et de temps : **il l'avait** entretenue.

Le style indirect libre qui participe à la fois du style direct et du style indirect : les propos de Raymond, *L'homme avec qui je me suis battu est le frère de cette femme,* ne dépendent pas d'un verbe introducteur mais ils ne sont pas entre guillemets et sont soumis aux règles de transformation : l'homme avec qui **il s'était** battu **était** le frère de cette femme.

Nous vous proposons l'exercice suivant :
Retranscrire en style direct le dialogue entre Meursault et
le concierge (p. 16) et celui entre Meursault et Marie
(p. 69-71) en relevant très précisément ce qui fait difficulté
dans cette transcription.

De nombreuses difficultés apparaissent quand on veut
transcrire ces dialogues au style direct, c'est-à-dire quand on
veut, en fait, reconstituer les paroles exactes prononcées par
les personnages :

— Les verbes introducteurs du style indirect.

*Je lui ai fait remarquer qu'en somme il était un pension-
naire :* remarquer introduit-il les propos tenus par Meursault :
En somme, vous êtes un pensionnaire ; fait-il partie de ces
propos, *Je vous ferai remarquer que vous êtes (vous-même)
un pensionnaire ;* résume-t-il d'autres propos qui ne sont pas
rapportés ? Le texte ne permet pas de trancher.
De même dans le dialogue avec Marie : *Je lui ai expliqué
que cela n'avait aucune importance :* a-t-il simplement dit
cela n'a pas d'importance ou a-t-il donné à Marie des expli-
cations que le verbe « expliquer » ne fait que résumer ?
*Mais naturellement, ce n'était pas la même chose. Lui était
concierge, et, dans une certaine mesure, il avait des droits
sur eux.* Qui parle ? Le concierge, dont les propos sont rapportés au style indirect libre ou Meursault, commentant les
propos du concierge ? De même, *elle s'est demandé alors si
je l'aimais :* Marie a-t-elle dit : *Je me demande si je t'aime,*
ou a-t-elle tenu des propos que Meursault se contente de
résumer ?

Meursault commente explicitement après coup les propos
du concierge en relevant les idiolectes de celui-ci : *La façon
qu'il avait de dire « ils », « les autres » et plus rarement « les*

vieux » — commentaires qui n'ont pas fait partie du dialogue. Il est donc difficile de savoir précisément qui a dit quoi, d'identifier exactement les paroles de l'autre et d'identifier l'autre à travers ses paroles.

Or cet exercice que nous venons de vous proposer, le texte lui-même le pratique :

Page 28, Meursault dialogue avec un employé des pompes funèbres.

> *Je lui ai dit : « Comment ? » Il a répété en montrant le ciel : « Ça tape. » J'ai dit « Oui. » Un peu après, il m'a demandé : « C'est votre mère qui est là ? » J'ai encore dit « oui. » « Elle était vieille ? » J'ai répondu : « Comme ça. »*

Page 138 : Déposition au procès du directeur de l'asile :

> *Une chose l'avait encore surpris : un employé des pompes funèbres lui avait dit que je ne savais pas l'âge de maman.*

Le style est ici triplement indirect : le directeur a dit que l'employé lui avait dit que j'avais dit ; ce qui implique donc une double transposition des propos de Meursault : par l'employé, puis par le directeur. Il est difficile de reconnaître dans les propos prêtés à Meursault : *Je ne sais pas l'âge de maman* les propos qu'il a réellement tenus : *Comme ça.*

Si Meursault ne se reconnaît pas dans le *je* qu'emploie son avocat, est-il vraiment le *je* dans la phrase *Je ne savais pas l'âge de maman ?* Étrange *je* que ce *je* qui écrit *je* mais parle d'un autre : cet autre que les autres voient en lui.

■ UNE AUTRE POLYPHONIE : LA VOIX DU TEXTE

Nous avons à plusieurs reprises relevé un fonctionnement du texte fondé sur tout un jeu de renvois et de rappels. Ce fonctionnement produit des effets de texte qui induisent des effets de lecture. Dans la mesure où le texte est écrit à la première personne et est donc censé être rédigé par Meursault, pouvons-nous attribuer à celui-ci ces effets de texte ? Nous formulerons plus précisément cette question à partir d'exemples déjà étudiés.

Le texte associe, dès la première partie, le champ lexical de la mer au champ lexical du corps de Marie : nous y avons lu la libération de la parole et du désir quand les corps sont dépouillés de leur représentation sociale. Pouvons-nous attribuer cet effet de texte à Meursault ? Meursault affirme qu'avant d'être en prison il n'a *jamais aimé parler de certaines choses* et notamment du désir. Or si le champ lexical de la mer est lié au désir et, à son expression, il est peu vraisemblable de penser que c'est Meursault qui « parle ».

Nous pourrions donc considérer qu'une autre voix se fait entendre, celle du texte, et ce serait là une autre forme de la polyphonie du roman. Les effets de texte donnent des informations que Meursault lui-même ignore : le champ lexical de la mer, par exemple, nous révèle un rapport au désir et à la parole que Meursault n'exprime pas. Cette voix du texte, nous pouvons essayer de la situer par rapport à la voix de Meursault. A deux reprises, Marie demande à Meursault si il l'aime : la deuxième fois, Meursault renvoie explicitement à la première ; il suscite lui-même un rapprochement entre les deux passages du texte.

Page 59

Elle m'a demandé si je
l'aimais   *je lui ai répondu que cela*
                              ne voulait rien dire   *mais il me semblait que*
                                                            non

Page 69

Elle a voulu savoir si je
l'aimais   *j'ai répondu que cela ne*
                             signifiait rien   *mais que sans doute je ne*
                                                      l'aimais pas

L'opposition : aimer / ne pas aimer (Marie) se double d'un parallèle : cela ne veut rien dire / cela ne signifie rien. Or Meursault emploie à plusieurs reprises les expressions : *j'aime, je n'aime pas* et *cela ne veut rien dire.* Elles semblent donc constitutives de son idiolecte. Leur relevé (à partir d'une lecture tabulaire) permet d'aboutir à des conclusions intéressantes.

J'aime	Je n'aime pas	Cela ne veut rien dire
		J'ai reçu un télégramme de l'asile (...) cela ne veut rien dire. (p. 9)
le café au lait (p. 17)	le dimanche (p. 36)	
me laver les mains le midi (p. 43)	le soir j'y trouve moins de plaisir (p. 43) qu'on me pose des questions (p. 36) les agents (p. 62) le bordel (p. 63) parler de certaines choses (p. 113)	
Marie (p. 59, 69)		cela ne veut rien dire, cela ne signifie rien, cela ne voulait rien dire (p. 102)
bien maman (p. 102)		

De ce tableau, il ressort ceci :

— Le premier emploi dans le roman — dès le premier paragraphe — de *cela ne veut rien dire* renvoie à la signification même du télégramme qui ne fournit aucune information quant à la date exacte — le jour même ou la veille — de la mort de sa mère.

Les autres occurrences de l'expression et de ses variantes renvoient, elles aussi, à un problème de signification : quel sens cela a-t-il d'employer tel ou tel mot ?

— Ces occurrences sont liées chaque fois à l'association aimer / ne pas aimer + nom de la personne (Marie / la mère).

Cela ne veut rien dire interroge donc sur l'ambiguïté même du verbe aimer qui n'a pas le même sens dans :

aimer le café au lait / ne pas aimer les agents

et dans

aimer Marie / ne pas aimer Marie.

Le texte nous conduit donc ici à réfléchir au sens même des termes qu'il emploie : *aimer* ou *ne pas aimer*. Peut-on attribuer cette fonction métalinguistique à Meursault ? Rien ne nous autorise ici à **supposer** que Meursault est susceptible d'analyser le sens des mots qu'il emploie ni qu'il se refuse à expliciter ce sens à Marie. C'est le repérage dans le texte de certains effets qui conduit le lecteur à y lire un commentaire métalinguistique des propos de Meursault sans qu'il soit nécessaire d'attribuer ce commentaire à Meursault.

Le texte organise donc une véritable polyphonie : d'autres voix se font entendre que celle de Meursault. Mais cette polyphonie est problématique :

— Les voix peuvent être distinctes : elles prennent en charge un récit (Raymond) ou elles expriment des points de vue différents sur un même événement (Meursault / Salamano) : nous y reviendrons plus loin.

— Les voix peuvent se confondre, rendant difficilement identifiable celui qui a parlé et les propos qu'il a tenus (scènes où se combinent le style direct, le style indirect et le style indirect libre).

— Les différentes voix peuvent devenir cacophoniques et n'avoir aucune signification pour qui les perçoit (scène du parloir).

A ces voix, s'ajoute celle du texte, qui apporte des informations dont il semble que Meursault lui-même les ignore, mais nous préciserons ce point ultérieurement.

L'Étranger est donc doublement polyphonique :

— Par les voix qui se font entendre dans la fiction (les voix des personnages) ;

— Par l'organisation même de la narration qui orchestre et distribue les voix mais fait entendre aussi sa propre voix.

Dans tous les cas, la polyphonie du texte pose donc le double problème de **la signification** et de **l'identité**. De cette confrontation de voix nous pouvons tirer deux conclusions :

La technique narrative de *L'Étranger* met le lecteur face à un ensemble complexe de voix parfois difficiles à décrypter : il faudra en tirer des conclusions quant à la lecture de ce roman — et à sa signification.

Pas plus au début qu'à la fin du roman, la voix de Meursault ne saurait être assimilée à la voix de Camus. Si nous voulons identifier la voix de Camus dans le texte, nous ne pouvons le faire qu'à partir de la polyphonie même du texte.

V. LE REGARD DE MEURSAULT :
LA FOCALISATION

Pour vérifier notre hypothèse sur le statut du personnage dans *L'Étranger*, nous avons jusqu'à présent étudié la voix du narrateur et la manière dont elle se combine avec d'autres voix, y compris celle du texte. Mais ce *je* — à travers sa parole — se raconte et raconte le monde qui l'entoure et les autres. Quelle image donne-t-il au lecteur de lui-même ? Quelle image de la réalité extérieure ?

Nous appellerons **focalisation** le point de vue adopté pour décrire dans le texte les êtres et les objets et nous préciserons cette notion au fur et à mesure de cette analyse. Il s'agit ici de se poser la question « qui voit ? ».

A partir de cette nouvelle question, c'est donc à nouveau le rapport du *je* à lui-même et aux autres que nous allons interroger. (voir tableau page suivante)

REPÈRES		
Les différentes focalisations		
Récit non focalisé ou à focalisation zéro	Le récit raconte (ou peut raconter) tout ce que savent tous les personnages.	Le lecteur est omniscient : il connaît les personnages aussi bien du dehors (leurs gestes, leurs actions) que du dedans (leurs pensées, leurs intentions). Il connaît leur passé et leur avenir.
Récit à focalisation interne	Le récit est **comme** raconté par un personnage	Le lecteur connaît un des personnages aussi bien du dedans que du dehors. Il ne connaît les autres personnages que du dehors, à travers leurs gestes, leurs actes et leurs paroles.
Récit à focalisation externe	Le récit est raconté par un témoin.	Le lecteur ne connaît tous les personnages que du dehors. Il ne connaît que leurs gestes, leurs actes et leurs paroles. Il n'a jamais accès à leurs pensées, leurs réflexions, leurs intentions.

Remarques

1. Insistons-y : il ne faut pas confondre le narrateur (qui parle ?) et la focalisation (qui voit ?) En particulier, la focalisation interne (le récit est raconté **comme** par un personnage) n'implique absolument pas un récit à la première personne.

Exemple : dans l'extrait suivant de *Germinal* d'Emile Zola, le récit est à la 3e personne, à focalisation interne :

> *...il aperçut des feux rouges, trois brasiers brûlaient en plein air et comme suspendus. D'abord, il hésita, pris de panique : puis il ne put résister au besoin douloureux de se chauffer un instant les mains.*
> *Un chemin creux s'enfonçait. Tout disparut.*

Focalisation interne : *tout disparut*, le paysage s'efface quand, du chemin creux, le personnage ne le voit plus.

2. Souvent, dans un même récit, la focalisation change selon les épisodes.

Nous partirons de l'analyse de quelques exemples.

■ LE MEURTRE DE L'ARABE

Meursault tire d'abord une première fois, puis *quatre fois sur un corps inerte.* La signification de ces quatre coups sera l'un des points importants de l'instruction : *Pourquoi avez-vous attendu entre le premier et le second coup ?* (p. 106) lui demande le juge d'instruction qui répète quatre fois son *pourquoi ?*

Lisons le texte :

> *J'ai compris que j'avais détruit l'équilibre du jour, le silence exceptionnel d'une plage où j'avais été heureux.*

Alors j'ai tiré encore quatre fois sur un corps inerte...
(p. 95)

Meursault explique-t-il ou non son geste ? La réponse à cette question se joue sur le sens du mot *alors*. En français, en effet, l'adverbe « alors » *marque une relation de cause à conséquence entre deux événements :* j'ai compris et, donc, j'ai tiré (sens 1). Dans cette hypothèse, Meursault justifie son geste.

Mais dans un français plus familier, l'adverbe « alors » indique une simple succession chronologique et il équivaut à « puis » ou « ensuite » : j'ai compris, ensuite, j'ai tiré (sens 2). Meursault, dans cette hypothèse, raconte une succession d'événements, sans les expliquer, comme le ferait un témoin n'ayant pas connaissance des motivations de celui qu'il voit agir.

Ces deux hypothèses débouchent sur deux lectures différentes, lectures qui repèrent dans le texte deux focalisations différentes. En 1, qui voit ? Meursault, mais il se voit du dehors et du dedans : le lecteur connaît donc le personnage de l'extérieur (son geste) et de l'intérieur (les motivations de ce geste). En 2, qui voit ? Meursault, mais il ne se voit que de l'extérieur, comme un simple témoin : le lecteur ne connaît du personnage que l'extérieur sans atteindre à la connaissance de son intérieur.

En 1, nous parlerons de focalisation interne, en 2, de focalisation externe.

L'étude de la focalisation débouche ici sur un problème fondamental : les événements racontés dans *L'Étranger* se succèdent-ils selon un rapport de causalité ou selon une simple succession chronologique ? Selon la réponse à cette question, nous pouvons donner un sens aux événements et les interpréter, ou nous devons nous contenter de les enregistrer dans leur désordre même et renoncer à les comprendre. Est-il possible, dans la scène du meurtre, de choisir entre les deux interprétations ? Le roman, une fois de plus, se renvoie à lui-même : p. 64, il propose en effet trois emplois d'« alors » dans le sens d'« ensuite » : *Raymond lui a expliqué alors... Je lui ai dit alors... Alors, il s'est mis en colère.*

Dans l'idiolecte de Meursault, « alors » semble plutôt équivaloir à « ensuite » qu'à « donc ». Mais le plus intéressant est certainement que le texte demeure fondamentalement ambigu, d'une ambiguïté fondée sur l'ambiguïté même du regard de Meursault — et de l'identité de Meursault.

Un autre exemple nous aidera à préciser cette problématique de la focalisation dans *L'Étranger* : la façon dont Meursault est nommé.

■ LE NOM DU PERSONNAGE

Nous apprenons le nom du personnage par le directeur de l'asile. *Il a consulté un dossier et m'a dit : « Mme Meursault est entrée ici il y a trois ans »* (p. 11), puis *le directeur m'a quitté : « Je vous laisse, M. Meursault. »* (p. 13)

Le procédé s'apparente ici à une focalisation interne : le nom du personnage nous est révélé comme si un témoin, ignorant le nom du personnage, l'apprenait en assistant à cette scène. Mais il n'est pas indifférent que le personnage soit d'abord nommé par **le nom de la mère** : la focalisation produit donc ici un effet de texte qui nous interroge sur l'absence du nom du père et sur la relation de Meursault avec sa mère.

Nous ne connaissons pas le prénom de Meursault. Or il aurait été parfaitement possible que nous l'apprenions, de la même façon que son nom, par les propos de Raymond ou de Marie. Nous aurions pu, par exemple, lire, p. 54, quand Raymond devient son copain : *Maintenant, tu es un vrai copain Marcel...* (à supposer que le narrateur se soit appelé Marcel...). Quelle que soit la focalisation choisie, nous aurions pu apprendre le prénom de Meursault ; de son absence, nous devons conclure, non que le prénom de Meursault ne nous est pas révélé, mais que **Meursault n'a pas de prénom**. Meursault a un nom — qui est celui de sa mère. Il n'a pas de prénom. Le travail sur la focalisation nous conduit donc à poursuivre notre réflexion sur l'identité. Et cette question « Qui voit ? » va nous permettre de revenir, pour en proposer une interprétation, aux dysfonctionnements que nous avons signalés dans la forme du journal.

■ DYSFONCTIONNEMENTS DU JOURNAL ET FOCALISATION

Veillant sa mère, Meursault a l'impression que cette morte ne signifie rien pour les autres vieillards. *Mais je crois maintenant que c'était une impression fausse* (p. 21). Nous avons noté que l'adverbe « maintenant » pouvait être considéré comme un dysfonctionnement du genre du journal puisqu'il impliquait un écart entre le vécu et l'écriture, écart impossible à mesurer dans le texte. Nous pouvons interpréter autrement maintenant ce dysfonctionnement : il permet que l'événement soit raconté deux fois, tel que Meursault l'a vécu **sur le coup** puis tel qu'il l'a interprété **après coup**.

De même : *J'ai eu l'impression ridicule qu'ils étaient là pour me juger* (p. 19). *Ridicule* implique un jugement **après coup** de l'impression qu'il a éprouvée **sur le coup**.

De même encore : Meursault a rencontré chez Céleste *une bizarre petite bonne femme*. Il la suit quelque temps : *J'ai pensé qu'elle était bizarre, mais je l'ai oubliée assez vite* (p. 73). Dysfonctionnement manifeste de la narration : comment Meursault peut-il avoir oublié ce qu'il est précisément en train de raconter ? Mais notre hypothèse donne là encore un sens à ce dysfonctionnement : l'événement est raconté une première fois sur le coup (Meursault remarque cette femme) puis une deuxième fois après coup (l'oubli : ce qui serait une preuve supplémentaire que de tels effets de texte ne sont pas imputables à Meursault).

En d'autres termes, chacun de ces événements est raconté deux fois, mais d'un point de vue différent, bien qu'apparemment ce soit la même personne « qui parle » : nous pouvons parler d'un véritable effet de bi-focalisation. Cette bi-focalisation renvoie, elle aussi, au problème de l'identité : le Meursault qui voit sur le coup et le Meursault qui voit après coup sont-ils une seule et unique personne ? Ou bien, nous inspirant de Montaigne écrivant : *Moi à présent et moi tantôt sommes deux*, ne pouvons-nous pas supposer l'existence de deux Meursault différents à deux moments de sa vie ?

Nous avons noté, en comparant le début et la fin de *l'Étranger*, une évolution du personnage, mais nous avons mis en garde contre une caricature abusive : dès le premier chapitre du roman, sont présents des éléments qui se retrouvent à la fin. Nous pouvons à présent émettre cette hypothèse explicative : il n'y a pas un Meursault du début et un Meursault de la fin, mais des éléments de « personnalité » également présents, mais inégalement dosés.

Le travail sur la focalisation nous conduit donc au même constat que le travail sur la polyphonie :
— éclatement de la signification des faits ;
— éclatement de la signification du moi.

Signification des faits

Deux faits qui se suivent ne sont pas forcément la conséquence l'un de l'autre. Au juge d'instruction qui répète son *Pourquoi ?* le texte répond... qu'il n'y a pas de réponse définitive : nous pouvons enregistrer une succession de faits sans être pour autant capables d'en donner une interprétation.

Un même fait prend une signification différente quand il est vu par deux personnes différentes ou par une même personne à deux moments différents de sa vie. Mais peut-on parler de la « même » personne ?

Signification du moi

Meursault a un nom. Il n'a pas de prénom. A-t-il vraiment une identité ?

Et cette identité — à supposer qu'elle existe — est-elle la même aux différentes étapes de son expérience ou selon les personnes qu'il rencontre ? Ne faut-il pas plutôt parler d'éclatement entre son moi d'à présent et son moi de tantôt, d'éclatement entre son moi « dénudé », corps se livrant aux plaisirs de l'eau et du corps de Marie, et le moi en costume de deuil ?

Prolongements

1. Relevez toutes les descriptions de personnages. Distinguez-y :

les termes neutres
les termes valorisants
les termes dévalorisants.

Quels sont ceux qui sont les plus nombreux ?

Meursault observe-t-il les autres sans porter de jugement ou sa manière de décrire implique-t-elle un jugement ?

2. Certains événements sont racontés deux fois dans *L'Étranger*, par exemple :
— les relations entre Salamano et son chien (p. 45-47 et 73-75).
— Le café au lait et la cigarette consommés pendant la veillée funèbre (p. 17 et 138-141).
Repérez dans chacun des deux récits les différents types de focalisation.

Comparez les points de vue différents obtenus sur une même scène.

Les différents points de vue sont-ils ou non hiérarchisés ? Si oui, quels sont ceux qui dominent ?

VI. PERSONNAGES MIROIRS ET SCÈNES MIROIRS

A partir de l'étude de la voix des autres et du regard de Meursault, le personnage, dans *L'Étranger*, apparaît fragmentaire et fragmenté. Il l'est plus encore si nous approfondissons l'hypothèse déjà formulée sur les rapports de Meursault et de sa mère et si nous considérons les autres personnages non comme des personnages autonomes que Meursault a rencontrés au cours des différents épisodes de sa vie mais comme des doubles (acceptés ou refusés) de Meursault ou comme des aspects parfois contradictoires de celui-ci.

Contrairement au procureur qui peut faire **le** portrait de Meursault, nous nous trouvons devant un être dont le nom unique (mais ambigu et incomplet), *Meursault,* dissimule en fait une grande diversité de personnalités et de comportements.

Nous vérifierons cette hypothèse par l'étude
— De l'histoire du Tchécoslovaque ;
— De l'histoire de la femme rencontrée chez Céleste ;
— De l'histoire du jeune journaliste qui assiste au procès.

■ L'HISTOIRE DU TCHÉCOSLOVAQUE

Dans *L'Étranger*, l'histoire du Tchécoslovaque (p. 124-125) occupe une place particulière. Elle ne retient pas spécialement l'attention : interrogés après une première lecture, bien des lecteurs n'ont pas conservé souvenir de cet épisode. Cette histoire semble autonome par rapport au roman : elle peut être lue et comprise sans aucune référence au reste du texte. Mais du fait même de son enchâssement dans le récit, il ne nous est pas possible de ne pas chercher des rapports entre cette histoire et l'ensemble du roman.

Pour cela, nous nous proposons de :
— Relever systématiquement tous les rapprochements possibles entre l'histoire du Tchécoslovaque et l'ensemble du roman.
— En nous inspirant de tout le travail que nous avons fait sur le texte, classer et interpréter ces rapprochements.

L'histoire du Tchécoslovaque	L'Étranger
Un **vieux morceau** de **journal** presque **collé** à l'étoffe.	(p. 37). J'ai pris un **vieux journal** et j'y ai **découpé** une réclame pour les sels Kruschen et je l'**ai collée** dans un vieux cahier.
Un homme était parti d'un village tchèque... pour faire fortune	Meursault a vécu quelques temps à Paris. Quand son patron lui propose un nouveau poste, il refuse. (p. 75)
Le Tchécoslovaque s'est éloigné de sa mère, il revient et montre son argent.	Meursault éloigne sa mère (il la met à l'asile) parce qu'il n'a pas assez d'argent pour la faire garder.

Trois morts : le fils
          la mère
          la sœur
	Trois morts : la mère
	          l'Arabe
	          le fils

Trois morts non naturelles La mère tue le fils.	Deux morts non naturelles. (p. 156), l'avocat général : *Un homme qui tue moralement sa mère.*

	(p. 102, Meursault) *Tous les êtres sains avaient plus ou moins souhaité la mort de ceux qu'ils aimaient.*
On jette son corps dans la **rivière**. La sœur se jette dans un **puits**. Sa mère révèle l'identité du voyageur.	(p. 93) J'ai fait un pas vers la **source**.
	Sa mère nous révèle l'identité de Meursault. (p. 134) *On m'a encore fait décliner mon identité (...) il serait trop grave de juger un homme pour un autre.*
Cette histoire, Meursault la trouve *invraisemblable*.	(p. 152) L'avocat général résume les faits, Meursault trouve ce qu'il dit *plausible*.
Meursault estime que le Tchécoslovaque a un peu mérité son sort : *il ne faut jamais jouer.*	Meursault ne joue-t-il pas avec l'identité quand il rédige une lettre que Raymond signera ?

• **Interprétations**

Tout un jeu de renvois textuels suscite un rapprochement entre l'histoire du Tchécoslovaque et l'épisode des sels Kruschen (nous y reviendrons plus loin). Par ces trois morts et les rapports qu'elle pose entre une mère et son fils, cette histoire renvoie aussi à la globalité du roman ; un ensemble de parallélismes et d'oppositions pose le problème de l'identité et du jeu.

L'histoire du Tchécoslovaque avec ses trois morts renvoie à la composition même du roman : une mort au commencement (celle de la mère), une mort à la fin de la première partie (celle de l'Arabe) et une mort au dénouement (celle du fils). Dans le fait-divers comme dans le roman, la mort est non naturelle et violente : un meurtre et deux suicides dans l'un / un meurtre et une condamnation à mort dans l'autre.

Nous formulerons l'hypothèse que l'histoire du Tchécoslovaque et de sa mère fonctionne comme le miroir des rapports de Meursault et de sa mère − mais comme un miroir qui donne à lire à la fois des images directes (les parallélismes) et des images inversées (les oppositions). Une première vérification de cette hypothèse est fournie par la scène qui suit l'histoire du Tchécoslovaque : Meursault se regarde dans sa gamelle de fer : *Il m'a semblé que mon image était sérieuse, alors même que j'essayais de lui sourire* (p. 126). La gamelle (comme le journal, détournée de sa fonction puisqu'elle devient miroir) renvoie à Meursault une image qui est en même temps la sienne (*mon image*) et celle d'un autre, puisqu'elle réfléchit un visage sérieux au lieu d'un visage souriant.

Cette histoire du Tchécoslovaque pose donc le problème de l'identité, à la fois dans sa fiction et dans sa narration :
− dans sa fiction, elle raconte l'histoire d'un homme qui a joué avec son identité et n'a pas été reconnu. Nous pouvons, jouant à notre tour avec le titre du roman, écrire que sa mère l'a considéré comme un « étranger » ;
− dans sa narration ; construite en miroir du roman, elle produit des effets de reproduction et des effets de déplacement ; dans ce jeu de miroir, l'identité de Meursault devient problématique : a-t-il le visage souriant qu'il se croit ou le visage sérieux qu'il se voit ? Le roman semble répondre qu'il a les deux visages en même temps. De même, il est le Tchécoslovaque en même temps qu'il n'est pas le Tchécoslovaque. Nous pouvons là proposer une autre perspective de

lecture : à travers l'épisode du Tchécoslovaque, *L'Étranger* raconte une variante de l'histoire de Meursault. Mais une variante qui conduit à un dénouement tout aussi dramatique.

■ LE JEUNE JOURNALISTE
ET LA FEMME RENCONTRÉE CHEZ CÉLESTE

Avant l'ouverture de son procès, Meursault remarque un journaliste. Il a alors *l'impression bizarre d'être regardé par lui-même*. La voix de Meursault signale donc explicitement ce personnage comme personnage-miroir. Comment expliquer que Meursault se reconnaisse ainsi ?

Relisons le texte (p. 132). D'une part, le journaliste qui le regarde est opposé aux autres journalistes présents :

les autres journalistes	le journaliste qui le regarde
tiennent leur stylo à la main air indifférent et un peu narquois	son stylo est posé devant lui son regard n'exprime rien qui soit définissable il est plus jeune

D'autre part, il est, de tous les journalistes, le seul à être caractérisé par ses vêtements (flanelle grise / cravate bleue) et son physique (visage un peu asymétrique / yeux clairs).

Nous pourrions opposer ce jeune journaliste à celui qui rend visite à Meursault dans le box des accusés quelques instants auparavant (p. 130) : *Un petit bonhomme qui ressemblait à une belette engraissée, avec d'énormes lunettes cerclées de noir*. Là, la pause descriptive est nettement dévalorisante et caricaturale.

La pause descriptive consacrée au jeune journaliste est, au contraire, une des rares du roman à n'être pas dévalorisante. Le jeune journaliste est donc caractérisé par sa différence et une certaine distinction.

La femme rencontrée chez Céleste n'est pas explicitement présentée par Meursault comme un personnage-miroir. Mais le texte la désigne comme telle par deux procédés.

Ce jour-là, à la sortie de son travail, Meursault rencontre Marie. Ils parlent amour et mariage. Puis il la quitte pour dîner chez Céleste. Une jeune femme vient s'asseoir à sa table. Au cours de leur conversation, Marie a fait remarquer à Meursault qu'elle le trouvait *bizarre* (p. 70). Ce même adjectif encadre littéralement la scène chez Céleste, à la première et à la dernière phrase : *Il est entré une bizarre petite femme* (p. 71) / *J'ai pensé qu'elle était bizarre* (p. 73). La reprise de cet adjectif pour qualifier Meursault et la femme rencontrée chez Céleste incite à établir un parallèle et à repérer un effet de miroir : Meursault voit cette femme comme Marie le voit.

De plus,

— Dans la deuxième partie, cette femme est systématiquement associée au journaliste.

— L'adjectif *bizarre* est repris pour qualifier l'impression éprouvée par Meursault.

— Le journaliste et la femme ont à son égard la même attitude : il l'examine attentivement (p. 132) ; elle le regarde avec intensité (p. 133).

— Par la suite, ils sont nommés ensemble, le regardant (p. 135, 137, 162), différant des autres *(Ils ne s'éventaient pas,* p. 137).

Or, ces deux personnages ne sont pas assis côte à côte dans la salle : il est au banc des journalistes (p. 130), elle est au banc des témoins, près de Céleste (p. 133). S'ils sont nommés ensemble, il faut donc lire dans ce rapprochement non un effet de réel mais un effet du texte.

L'analyse de cet effet de miroir suppose que nous prenions en compte la forme narrative particulière qui le constitue : nous nous trouvons en effet en présence d'un exemple d'opposition entre deux voix :

– La voix de Meursault, qui remarque une ressemblance avec le journaliste ;

– « La voix du texte » qui établit une ressemblance entre Meursault et la femme automate et qui établit en même temps que cette ressemblance, Meursault, lui, ne l'a pas remarquée, voire qu'il l'a refusée en oubliant la scène de cette rencontre, et ce au détriment, nous l'avons noté, de la vraisemblance du genre journal.

Dans le journaliste, Meursault reconnaît une différence valorisante ; quant à la femme, elle pourrait être une différence qu'il rejette : la bizarrerie.

Dans une première analyse, nous pourrions écrire que Meursault, à travers le journaliste, se décrit tel qu'il se voit : en particulier, il n'est pas indifférent (adjectif employé pour les autres journalistes) et s'il n'est pas possible de définir ce qu'il ressent, il ressent quelque chose ; il a des impressions mais ne les exprime pas. A travers la femme rencontrée chez Céleste, Meursault est vu tel que les autres, et en particulier Marie, le voient : bizarre. Si Marie fonde son amour sur cette bizarrerie, d'autres, sur cette même bizarrerie, fondent un rejet. La bizarrerie prend ici la forme de l'automatisme, des gestes saccadés qui ne laissent rien au hasard : la femme

calcule à l'avance le prix de son repas et coche les programmes radiophoniques de la semaine ; *elle suit son chemin sans
dévier et sans se retourner* : l'automatisme du geste devient
en quelque sorte métaphore du destin et de la fatalité. Mais,
entre ces deux images, l'une acceptée, l'autre refusée, le lecteur ne peut pas choisir.

Les deux voix (celle de Meursault et celle du texte) orga-
nisent un double jeu de focalisations différentes : le journaliste est vu par Meursault, la femme est décrite par Meursault
telle qu'il la voit : différente de lui, mais aussi telle que la
donne à voir le texte : ressemblant à Meursault. De ces deux
focalisations, contrairement à ce qui se passe lors du procès
avec l'histoire du café au lait et de la cigarette, l'une ne
domine pas l'autre, et c'est à partir de la confrontation des
deux que le lecteur devra se faire une opinion et, d'abord,
admettre que ces différentes images produites en miroir exis-
tent conjointement.

L'histoire du Tchécoslovaque nous avait déjà conduits à
nous questionner. Il semble que nos réponses se précisent :
ce qu'expriment la polyphonie et les différentes formes de
focalisation du texte, c'est l'éclatement de la personnalité.
Un individu a des facettes multiples et il n'est pas possible
de le réduire à une personnalité une et cohérente. Meursault
est à la fois le jeune journaliste et la femme automate, comme
il est et n'est pas, en même temps, le Tchécoslovaque.

Ainsi, l'histoire du Tchécoslovaque, l'histoire de la femme
rencontrée un soir chez Céleste ou l'histoire du jeune journaliste peuvent être lues comme des histoires autonomes,
indépendantes de celle de Meursault, et qui, simplement,
croisent la sienne à certains moments de sa vie.

Elles peuvent être lues également

— soit comme des histoires dont les événements éclairent

(et aident à interpréter) les événements de la vie de Meursault — mais qui ne seront pas prises en compte par le procureur dans l'interprétation qu'il donnera de cette vie ;

— soit comme des variantes de l'histoire même de Meursault.

Paul Valéry affirmait qu'il ne pouvait pas écrire de roman parce qu'après avoir inventé la première phrase : *La marquise sortit à cinq heures*, il ne pouvait choisir entre les deux phrases suivantes, *pour aller rejoindre son amant* ou *pour aller rendre visite à sa mère*. Nous suggérons ici que Camus, au lieu de choisir entre les deux phrases : *Meursault refuse d'aller à Paris* et *Meursault accepte d'aller à Paris*, raconte d'abord l'histoire de Meursault qui refuse la proposition de son patron puis celle du Tchécoslovaque qui part au loin pour faire fortune. Et nous pouvons, nous, lire les deux variantes possibles d'une même histoire.

Prolongements

Nous vous proposons de poursuivre vous-même la vérification de cette hypothèse par l'étude d'autres épisodes du livre :

1. Salamano et son chien (p. 45-47 et 63-66)

Relisez ces épisodes et relevez les analogies entre la situation de Meursault et celle de Salamano ; entre les rapports de Salamano et de son chien et les rapports de Meursault et de sa mère.

2. La scène du parloir (p. 115 et suivantes)

Relisez cette scène en la comparant à l'ensemble du roman et relevez les analogies entre le « couple » Meursault/Marie et les deux « couples » qui les entourent dans le parloir.

Quelles conclusions en tirez-vous ?

VII. CONCLUSIONS :
ÉCRITURE ET LECTURE
DANS *L'ÉTRANGER*

Nous l'avons signalé, l'histoire du Tchécoslovaque (p. 124) peut être mise en rapport avec l'épisode des sels Kruschen (p. 37). Le texte lui-même suscite précisément le rapprochement :

— emploi dans les deux cas des mots *vieux journaux* et *collé* ;

— rapprochement possible entre *découpé* et *morceau.*

De plus, Meursault prend le vieux journal où il découpe la réclame *pour faire quelque chose* ; l'histoire du Tchécoslovaque est intégrée à la liste des activités qui lui permettent de tuer les six heures inoccupées de sa journée, ce qui est repris dans le paragraphe qui suit l'épisode : *le temps a passé.*

Enfin, dans les deux cas, le journal est détourné de sa fonction d'information et d'actualité : ce sont de vieux journaux mais ils acquièrent une pérennité qui s'oppose au caractère habituellement périssable du journal : la réclame est **conservée** dans un vieux cahier, le fait divers est **lu des milliers de fois**. Ces rapprochements formels sont suffisamment nombreux pour nous inciter à chercher une interprétation. Nous formulerons l'hypothèse suivante :

Le morceau de journal relatant le fait divers est incomplet ; il manque le début, ce qui impose une hypothèse pour le comprendre : *l'histoire **avait dû** se se passer en Tchécoslovaquie.*

Nous pouvons nous demander s'il n'en va pas de même des sels Kruschen, pour le lecteur, cette fois : cette réclame est pour lui un fragment incomplet puisqu'il n'en connaît pas le contenu. Cette absence laisse la porte ouverte à toutes les hypothèses.

Il s'établirait donc une certaine analogie entre Meursault, qui doit reconstituer une partie du texte du fait divers pour lui donner une signification, et le lecteur qui doit supposer un sens à la réclame des sels Kruschen et par conséquent à l'épisode même où Meursault découpe et colle cette réclame. Sans pousser l'homologie jusqu'au bout et supposer que le lecteur, comme Meursault le fait divers, devra lire *L'Étranger des milliers de fois*, nous pouvons la considérer comme une hypothèse de lecture qui va nous permettre de nouvelles explorations (et de nouvelles exploitations) du texte. Si l'épisode du Tchécoslovaque a un rapport avec la lecture, le texte suggère entre le jeune journaliste et la femme rencontrée chez Céleste un rapprochement que nous n'avons pas souligné : le rapport à l'écriture.

La femme, chez Céleste, sort de son sac un crayon pour faire son addition puis un crayon bleu[1], pour cocher les programmes radiophoniques. Contrairement aux autres journalistes qui écrivent pendant tout le procès (p. 135), le jeune journaliste n'écrit pas : au début, son stylo est posé devant lui ; par la suite, chaque fois qu'il est nommé, il regarde Meursault. Pouvons-nous trouver un sens à ce rapprochement ?

Un autre journaliste – *déjà âgé* – l'antithèse donc du jeune journaliste – explique à Meursault : *Vous savez, nous avons un peu monté votre affaire. L'été, c'est la saison creuse*

---

1. Faut-il noter que le crayon est de la couleur de la cravate du journaliste ?

pour les journaux. Et il n'y avait que votre histoire et celle du parricide qui vaillent quelque chose (p. 130). Le jeune journaliste refuse d'écrire : il ne participe donc pas à cette pratique de l'écriture qui ne rend pas compte de faits importants, mais les rend importants par le seul fait d'en rendre compte. Quant à la femme, elle finit par cocher *presque toutes les émissions* : elle n'en distingue donc plus aucune. L'acte d'écriture s'annule de lui-même : à tout remarquer, plus rien n'est remarquable.

L'opposition entre le journaliste et la femme pourraient donc signifier deux pratiques de l'écriture contradictoires mais qui se rejoignent : ne rien noter pour ne pas grossir arbitrairement les faits, c'est courir le risque de la page blanche ; tout noter, pour ne rien omettre, c'est courir le risque de ne plus rien distinguer.

Au terme de cette analyse, il nous apparaît donc que la personnalité de Meursault « explose », mais aussi que le texte nous conduit à une réflexion sur le problème de l'écriture, comme nous avons vu déjà, par une autre approche, qu'il nous conduit au problème de la lecture. On peut donc dire que *L'Étranger* pose la double problématique de la lecture et de l'écriture. C'est cette problématique que nous analyserons en conclusion.

■ UNE PROBLÉMATIQUE DE L'ÉCRITURE

Les références à des textes écrits (sous forme de citations ou d'allusions) sont assez fréquentes dans le roman :
- Le télégramme ;
- Le dossier du directeur de l'asile (p. 11) ;
- Les pièces à signer (p. 23) ;
- La réclame pour les sels Kruschen ;

- Les *connaissements* (= récépissés des marchandises transportées par un navire) (p. 43) ;
- La lettre rédigée pour Raymond ;
- *Des livres* que Meursault a lus (p. 100) ;
- La lettre de Marie ;
- Le fait divers découpé dans le journal ;
- Le dossier du président (p. 135) ;
- Les dossiers du procureur (p. 141) ;
- Ce que Meursault a vu sur la Révolution de 1789 (p. 170).

La fiction pose à plusieurs reprises le problème de la signification des textes et de leur rapport avec la réalité :

- Le télégramme ne *signifie rien* et le fait divers du Tchécoslovaque est incomplet ;

- Les textes transforment la réalité en en donnant une image idéalisée : tout ce que Meursault a vu de la Révolution de 1789 présentait la montée à l'échafaud comme l'ascension en plein ciel. La réalité est tout autre : c'est une photographie qui lui en donne la preuve ;

- Parfois, la réalité ressemble aux livres : elle ne peut plus alors être prise au sérieux. Quand le juge d'instruction le fait asseoir sur une chaise éclairée par la lampe qui se trouve sur son bureau, Meursault a l'impression d'avoir déjà lu cela dans des livres et cela devient pour lui *un jeu* (p. 100).

Dans la fiction, Meursault a connaissance de certains faits par l'écriture : la mort de sa mère, par le télégramme ; l'interdiction faite à Marie de lui rendre visite, par une lettre. Lui-même est *employé aux écritures* : il n'a pas affaire directement aux marchandises mais à leur trace écrite sur des récépissés. Quand il écrit la lettre pour Raymond, il est le scripteur, mais il n'est pas le signataire. Ses réponses au juge d'instruction sont consignées par un greffier : *Le juge m'a demandé si j'aimais maman. J'ai dit : « Oui, comme tout le monde » et le greffier qui, jusqu'ici, tapait régulièrement sur sa machine, a dû se tromper de touche car il s'est embarrassé et a été obligé de revenir en arrière* (p. 105). Le personnage du greffier arrive ainsi soudain sur le devant de la scène. Une nouvelle fois le texte nous pose le problème de l'écriture.

Dans la fiction même, le texte accorde donc une place essentielle aux problèmes de l'écriture. Nous souhaitons reprendre cette problématique de l'écriture dans *L'Étranger* autour de la conclusion suivante :

le problème de la justice est posé à partir d'une réflexion sur les formes du récit.

A l'ouverture, le président annonce qu'il est là *pour diriger avec* **impartialité** *les débats d'une affaire qu'il veut considérer avec* **objectivité** (p. 134, c'est nous qui soulignons). Nous voudrions montrer que *L'Étranger*, par ses techniques narratives mêmes, remet en question l'objectivité et l'impartialité telles que les conçoit ici la justice.

La cour en condamnant Meursault a suivi le réquisitoire de l'avocat général :

> *Le même homme qui, au lendemain de la mort de sa mère, se livrait à la débauche la plus honteuse, a tué pour des raisons futiles et pour liquider une affaire de mœurs inqualifiable* (p. 147). *J'ai retracé devant vous le fil d'événements qui a conduit cet homme à tuer en pleine connaissance de cause. (…) Car il ne s'agit pas (…) d'un acte irréfléchi (…) Et l'on ne peut pas dire que* [cet homme] *a agi sans se rendre compte de ce qu'il faisait.* (p. 153)

Ce réquisitoire, les techniques narratives de *L'Étranger* permettent d'en formuler une triple critique :

l'avocat général ne donne que son point de vue

L'analyse de l'histoire du café au lait et de la cigarette est révélatrice du procédé de l'avocat général : pour rendre l'histoire cohérente, il subordonne le point de vue des autres personnages au sien. Il est aidé en cela par le président : quand Marie éclate en sanglots, affirmant qu'on lui fait dire le contraire de ce qu'elle pense, l'huissier, sur un signe du président, l'emmène et l'audience continue (p. 145).

Face à cette stratégie du récit mise en place dans le tribunal, les techniques narratives du roman témoignent qu'il est au contraire difficile dans un récit d'établir précisément les propos exactement tenus par chacun ; mais elles témoignent aussi que la polyphonie et des changements de focalisation sont tout à fait possibles.

l'avocat général ne cherche qu'une causalité unique

Écoutant le récit de l'avocat général, Meursault le juge plausible (p. 153) : sa façon de voir les événements ne manquait pas de clarté. L'avocat général rend les faits parfaitement intelligibles en établissant entre eux des rapports de cause à effet : c'est parce qu'il a couché avec Marie le lendemain de la mort de sa mère que Meursault a aussi pu tuer un Arabe.

Face à cette attitude explicative, les techniques narratives de *l'Étranger* renvoient sans arrêt le lecteur à l'impossibilité d'établir pour un événement une causalité unique.

l'avocat général croit à l'identité à soi du sujet pensant

Le même homme, proclame l'avocat général. Il se fonde

sur l'idée de l'identité à soi du sujet pensant : l'être humain a une personnalité parfaitement définie, un caractère déterminé et toutes ses pensées, toutes ses actions sont l'expression de ce caractère et en même temps le révèlent aux autres.

Là encore, les techniques narratives de *l'Étranger* sont une remise en cause d'une telle conception de l'homme : l'identité de l'homme y est questionnée (Meursault n'a pas de prénom) et sa personnalité y apparaît complexe et parfois contradictoire.

■ L'ÉTRANGER : UNE PÉDAGOGIE DE LA LECTURE

Nous avons émis l'hypothèse d'une homologie entre Meursault et la lecture (du télégramme ou du fait divers) et le lecteur et sa lecture de *L'Étranger*.

Nous préciserons et conforterons cette hypothèse autour de la conclusion.

L'Étranger propose une pédagogie de la lecture du roman qui est aussi pédagogie de la vision du monde selon Camus.

Nous vous proposons préalablement **un test de lecture** : (re)lisez l'extrait suivant du roman puis répondez à la question posée, **sans relire le texte**.

Extrait

> *J'ai pris un vieux journal et je l'ai lu. J'y ai découpé une réclame des sels Kruschen et je l'ai collée dans un vieux cahier où je mets les choses qui m'amusent dans les journaux. Je me suis aussi lavé les mains.*

Question

Pourquoi Meursault se lave-t-il les mains ?

La plupart des personnes testées sur cet extrait répondent que Meursault se lave les mains parce qu'il se les est salies avec le vieux journal et la colle.

Le texte n'affirme rien de tel : *Je me suis* **aussi** *lavé les mains* : le lavage des mains est la suite du découpage-collage, non sa conséquence. Non seulement certaines formes romanesques racontent selon un principe de causalité, mais elles donnent aussi des habitudes de lecture : quand deux faits se suivent dans un récit, nous avons tendance à les lire non comme « consécutifs » au sens « qui se succèdent dans le temps comme sans interruption » mais aussi comme consécutifs au sens « ce qui apparaît comme le résultat, la conséquence de quelque chose ».

L'Étranger nous apprend à nous défaire de ces habitudes de lecture et nous apprend à lire autrement.

• Meursault et la « lecture » du monde

Meursault est confronté à des fragments de textes dont le sens lui échappe en partie (le télégramme, le fait divers). Souvent, il ne perçoit de la réalité que des fragments : *la plaidoirie du procureur m'a très vite lassé. Ce sont seulement des fragments* (...) *qui m'ont frappé* (p. 152) ; de même, dans le parloir, il n'entend que des fragments de conversations déjà commencées.

A deux reprises, il est derrière une porte.

Derrière la porte, il entend *des voix, des appels, des bruits de chaises et tout un remue-ménage* : il pense *à ces fêtes de quartier où, après le concert, on range la salle pour pouvoir danser* (p. 128). En fait, derrière cette porte, on aménage la salle d'audience du procès.

Derrière la porte, il entend *une voix sourde lire quelque chose dans la salle* (p. 163). Ce sont les réponses des jurés. Quand il entrera dans la salle, le public connaîtra déjà ce qu'il ignore encore : sa condamnation.

Nous pouvons donner à cette double scène une signification symbolique : de derrière la porte où il se trouve, le monde n'a pour Meursault guère de signification. Or, le lecteur de *L'Étranger* est confronté au même problème que Meursault : comment donner du sens à ce qui, bien souvent, n'apparaît que comme un ensemble de fragments sans rapport entre eux ?

• Le lecteur et *L'Étranger*

> *Avant de quitter le bureau pour aller déjeuner, je me suis lavé les mains. A midi, j'aime bien ce moment. Le soir, j'y trouve moins de plaisir parce que la serviette roulante qu'on utilise est tout à fait humide : elle a servi toute la journée. J'en ai fait la remarque un jour à mon patron. Il m'a répondu qu'il trouvait cela regrettable, mais que c'était tout de même un détail sans importance.* (p. 43)

Est-ce vraiment *un détail sans importance ?* Le mot « détail » en français a deux sens :

1. C'est un détail : cela n'a pas d'importance, ce n'est rien ;

2. Détail : élément d'un ensemble.

Le patron emploie le mot au sens 1 ; mais ce détail : *se laver les mains,* le lecteur, qui l'a déjà rencontré page 37, doit le prendre au sens 2 puisque la répétition de la même formule constitue un « ensemble ». Peut-il cependant donner un sens à l'ensemble ainsi constitué ? Ce détail nous ramenant aux sels Kruschen, arrêtons-nous à nouveau à cet épisode.

L'adjectif *collé* qui y est employé renvoie à l'histoire du Tchécoslovaque. Mais il renvoie **aussi** à Marie : *Elle s'est collée à moi dans l'eau* (deux fois, p. 58 et 84) et elle est **collée** contre la grille du parloir (p. 116). Or cet épisode renvoie **également** à Marie par le mot *sel* : le matin du dimanche où Meursault a découpé cette réclame, la seule présence de Marie était, dans le traversin, l'odeur de **sel** que ses cheveux y avait laissée. Plus les « détails » s'accumulent, plus aussi l'ensemble nous échappe : comment donner un sens – ou du sens – à tous ces effets de texte ? Nous sommes pris d'un véritable vertige où le roman semble devenir inintelligible : rien n'y est plus *stable, cohérent, continu, univoque et entièrement déchiffrable*, pour reprendre les qualificatifs que Robbe-Grillet applique au récit traditionnel[1].

---

1. A. Robbe-Grillet, *Pour un nouveau roman*, éditions de Minuit.

PROLONGEMENTS

1. PARCOURS DE *L'ÉTRANGER* A PARTIR DU TITRE

Comment lire ce titre : *L'Étranger ?*

• **Quelques définitions du mot « titre » :**

Dictionnaire Larousse de la langue française Lexis. Titre : « Indication du sujet d'une œuvre littéraire, artistique : le titre d'une pièce, d'un film, d'un tableau, d'une gravure. »

Y. Agnès, J.-M. Croissandeau, *Lire le journal : pour comprendre et expliquer les mécanismes de la presse écrite*, éd. F.-P. Lobies. Ces auteurs distinguent deux types de titres :
– le titre informatif, qui informe sur le contenu ;
– le titre incitatif, qui suscite une attente.
Leurs analyses portent sur les titres de la presse, mais elles peuvent être élargies à d'autres titres.

Umberto Eco, interrogé sur le titre de son roman, *Le Nom de la rose*, répond : *Un titre doit embrouiller les idées, non les embrigader*[1]. *(Apostille au Nom de la rose)*

• **Le mot « étranger » dans le dictionnaire *Lexis* :**
1. Etranger, ère, adj. et n. Qui n'appartient pas à la nation, au groupe social, à la famille auquel on se réfère (...)

---

1. Embrigader : ici, obliger quelqu'un à penser comme vous.

N. masc (avec l'art. déf.) Tout pays autre que celui dont on est citoyen (...)

2. Etranger, ère, adj. 1. Qui n'est pas connu (...). 2. Corps étranger, élément introduit accidentellement dans un organisme (...) 3. Etranger à, qui est sans rapport, qui n'a pas de relation avec...

• **Le mot « étranger » chez Camus**

Extrait du *Mythe de Sisyphe*, 1942, coll. « Idées », Gallimard, p. 28-29.

> *... Voici l'étrangeté ; s'apercevoir que le monde est « épais », entrevoir à quel point une pierre est étrangère, nous est irréductible, avec quelle intensité la nature, un paysage peut nous nier. Au fond de toute beauté gît quelque chose d'inhumain et ces collines, la douceur du ciel, ces dessins d'arbres, voici qu'à la minute même, ils perdent le sens illusoire dont nous les revêtions, désormais plus lointains qu'un paradis perdu. L'hostilité primitive du monde, à travers les millénaires, remonte vers nous. Pour une seconde, nous ne le comprenons plus puisque pendant des siècles nous n'avons compris en lui que les figures et les dessins que préalablement nous y mettions, puisque désormais les forces nous manquent pour user de cet artifice. Le monde nous échappe puisqu'il redevient lui-même. Ces décors masqués par l'habitude redeviennent ce qu'ils sont. Ils s'éloignent de nous. De même qu'il est des jours où, sous le visage familier d'une femme, on retrouve comme une étrangère celle qu'on avait aimée il y a des mois ou des années, peut-être allons nous désirer même ce qui nous rend sou-*

dain si seuls. Mais le temps n'est pas encore venu. Une seule chose : cette épaisseur et cette étrangeté du monde, c'est l'absurde.

Les hommes aussi sécrètent de l'inhumain. Dans certaines heures de lucidité, l'aspect mécanique de leurs gestes, leur pantomime privée de sens rend stupide tout ce qui les entoure. Un homme parle au téléphone derrière une cloison vitrée ; on ne l'entend pas, mais on voit sa mimique sans portée : on se demande pourquoi il vit. Ce malaise devant l'inhumanité de l'homme même, cette incalculable chute devant l'image de ce que nous sommes, cette « nausée » comme l'appelle un auteur de nos jours[1], c'est aussi l'absurde. De même l'étranger qui, à certaines secondes, vient à notre rencontre dans une glace, le frère familier et pourtant inquiétant que nous retrouvions dans nos propres photographies, c'est encore l'absurde.

A partir de cet ensemble de documents,

— Vous préciserez la polysémie du mot « étranger » et les différentes lectures qu'elle permet de proposer du titre du roman.

— *L'Étranger* : titre qui « indique le sujet de l'œuvre » ? Titre informatif ou titre incitatif ? Titre qui embrigade ou titre qui embrouille les idées ?

— Vous élargirez votre réflexion à d'autres titres que vous essaierez de classer selon ces différentes définitions de la fonction du titre.

---

1. Il s'agit de J.-P. Sartre dont le roman, *La Nausée*, parut en 1938.

2. D'AUTRES PARCOURS DE *L'ÉTRANGER*

Nous vous avons demandé, en début de parcours, de rédiger un résumé de *L'Étranger* : reprenez maintenant ce résumé. Qu'en conserveriez-vous ? Que modifieriez-vous ? Qu'ajouteriez-vous ?

Voici cinq résumés de *L'Étranger* :

> *A Alger, Meursault mène une existence vide et monotone : il a un travail, il va à la plage, il vit avec sa mère. Mais voici que sa mère meurt, et cette mort le laisse indifférent ; il suit l'enterrement : tout le monde remarque − et c'est déjà une sorte de scandale − qu'il paraît ne rien éprouver, comme s'il était étranger à l'événement. Le hasard lui fait rencontrer Marie − et peut-être l'amour. Il lui fait rencontrer aussi Raymond, qui devient non pas un ami mais un « copain ». On va ensemble pique-niquer sur la plage, un jour de grande chaleur. Une altercation avec des Arabes tourne en bagarre. L'un d'eux a sorti un couteau. Meursault porte un revolver. Écrasé par la chaleur du soleil, dans une sorte d'étrange éblouissement, il tire sur l'Arabe et le tue. Il est arrêté et jugé : la justice accomplit sa tâche et condamne à mort le meurtrier, mais peut-être est-ce plus à cause de son attitude au moment de la mort de sa mère que pour le meurtre lui-même. Meursault est en prison et attend l'exécution, plus étranger que jamais au monde et à son propre sort. Lorsque l'aumônier lui rend visite, pour lui proposer le « secours de la religion », Meursault a comme un sursaut de révolte et refuse Dieu, sursaut de révolte aussi contre sa propre mort et l'absurdité qui marque celle-ci. Puis le calme revient, le*

*condamné s'endort. Il se réveillera lucide et apaisé,
capable peut-être, au moment de mourir, d'assumer
son étrangeté.*

H. Lemaître, **Dictionnaire de littérature française** Bordas,
éd. 1985.

*Un homme, Meursault, parle. Son nom est son seul
visage. Dans sa vie les événements se pressent au
hasard : la mort de sa mère, la rencontre de Marie sa
maîtresse, celle de Raymond qui devient son copain.
Il reste au niveau de l'existence pure, sans vie antérieure, sans jugement, sans durée. Au cours d'un
pique-nique avec plusieurs amis, le groupe est atta-
qué par des Arabes. Meursault tue un Arabe.
Deuxième partie. La machine judiciaire s'est mise en
marche. Meursault est condamné à mort. Dans sa prison, il lui reste l'espoir du pourvoi et la visite de
l'aumônier mais il se révolte et les refuse. Le déchaî-
nement de sa révolte lui révèle à la fois l'absurdité de
sa vie devant la mort et son innocence. Il domine alors
ce qui lui arrive. Il est lucide.*

Dictionnaire des Lettres, Laffont-Bompiani, éd. 1951.

*Le narrateur, Meursault, est un personnage singu-
lier, qui semble dépourvu de toute sensibilité, de toute
curiosité, de tout élan ; il vit dans l'immédiat et n'obéit
qu'aux exigences élémentaires de ses instincts ou de ses
sens ; pour le reste, il se détermine comme au hasard,
car il a conclu, une fois pour toutes, à l'absurdité de
l'existence et pense que toutes les conditions se valent.
Meursault expose comment il est devenu en quelques
secondes, sous le soleil brûlant d'une plage algérienne,
le meurtrier d'un Arabe. Il raconte ensuite son procès :
plusieurs témoignages l'accablent, car l'apparente*

insouciance dont il a donné le spectacle après la mort de sa mère est interprétée comme un signe de monstruosité morale ; ses réponses déconcertantes achèvent d'indisposer ses juges, qui le condamnent à mort.

P. G. Castex et P. Surer, **Manuel des Études françaises, XXᵉ siècle** Hachette, 1967

Rythmée par les sensations du narrateur, la première partie s'achève par « quatre coups brefs sur la porte du malheur » que Meursault en proie au soleil, au vent et à la mer, tire sur un Arabe. Sans raison, et malgré lui, il est devenu un assassin. Dans la seconde partie, Meursault est jugé par la société : dans un monde qui lui reproche ses fréquentations douteuses et son indifférence visible à la disparition de sa mère, son silence obstiné le fait condamner à mort. Peu avant d'être exécuté, il s'ouvre à la tendre indifférence du monde.

P. Brunel, Y. Bellenger, D. Couty, Ph. Sellier, M. Truffet, **Histoire de la littérature française,** Bordas, 1987

Un employé de bureau, Meursault, raconte d'un ton qui se veut objectif, comment il est allé à l'enterrement de sa mère, puis comment se sont déroulés les jours suivants sans rien d'extraordinaire, jusqu'au moment où il a tiré sur un Arabe. Il raconte ensuite comment il a été emprisonné, interrogé, jugé en Cours d'assises, condamné à mort moins pour sa complicité dans une affaire de mœurs terminée par une bagarre que pour avoir offert au cours du procès l'apparence d'un monstre moral indifférent à la mort de sa mère. Il raconte comment il s'est soudain révolté contre l'absurdité de la vie et de la mort faites non à lui seul, mais à tous les hommes.

Renée Balibar. *Les Français fictifs*. Hachette, 1974

Comparez ces cinq résumés :

— Quelle place y est faite à la narration ? A la fiction ?

— Quels sont les événements de la fiction présents dans les cinq résumés ? Ceux qui ne sont présents que dans certains ?

— Relevez dans chaque résumé ce qui relève de l'interprétation.

A partir de ces résumés et du vôtre, essayez de définir d'autres parcours du roman que celui que nous vous avons proposé.

3. MISE EN PERSPECTIVE HISTORIQUE

D'une certaine façon, Camus, dans *L'Étranger*, déconstruit les notions de personnages et d'histoire. Nous pouvons replacer cette déconstruction dans la perspective de l'histoire du roman.

L'Étranger paraît en 1942.

En 1957, Alain Robbe-Grillet publie « Sur quelques notions périmées », article recueilli en 1963 dans *Pour un nouveau roman*. Il critique entre autres concepts ceux de personnage et d'histoire tels qu'ils sont pratiqués dans le roman traditionnel et, surtout, tels qu'ils sont reconnus par une certaine critique comme seule forme possible du roman.

Parmi les novateurs qui ont remis en question la notion même de personnage, Alain Robbe-Grillet cite Camus dans *L'Étranger*. Il se réfère également au *Château* de Kafka où le nom du personnage est réduit à une initiale : K. Il ajoute : *Beckett change le nom et la forme de son héros dans le cours même de son récit ; Faulkner donne exprès le même nom à deux personnages différents* (coll. « Idées », Gallimard, p. 32).

Quant à l'histoire, Alain Robbe-Grillet conclut ceci : *Tous les éléments techniques du récit (...) − emploi systématique du passé simple et de la troisième personne, adoption sans condition du déroulement chronologique, intrigues linéaires, courbe régulière des passions, tension de chaque épisode vers une fin, etc. − tout visait à imposer l'image d'un univers stable, cohérent, continu, univoque, entièrement déchiffrable* (p. 37).

Alain Robbe-Grillet ne cite pas Camus parmi ceux dont les techniques ont remis en question cette façon de raconter, mais toutes les analyses que nous avons proposées tendent à démontrer que les techniques narratives de Camus s'opposent précisément à celles que définit ici Robbe-Grillet.

Nous pouvons donc situer Camus entre une certaine tradition et des perspectives d'innovation :

1. Conformément à une certaine tradition :
— il crée des personnages avec une identité et une personnalité ;
— il raconte l'histoire d'un homme qui tue un Arabe et est condamné à mort.

2. Il innove :
— son personnage central n'a pas une identité complète ;
— les autres personnages peuvent aussi être lus comme des variantes ou des doubles de ce personnage central : si, « traditionnellement », Salamano est un personnage qui a une identité et une personnalité, il peut être lu aussi comme une autre figure de Meursault ;
— il raconte des histoires, celle du Tchécoslovaque ou celle de Salamano qui sont aussi des compléments ou des variantes de celle de Meursault.

L'essentiel de notre travail sur *L'Étranger* a montré que ces techniques narratives ne sont pas de simples jeux d'écriture et ne soulèvent pas que des questions esthétiques — elles donnent à voir le monde différemment : stable ou instable, cohérent ou incohérent, continu ou discontinu, univoque ou équivoque, en bref : déchiffrable ou indéchiffrable.

Ce travail ouvre sur une double perspective :
— relire les romanciers dits « réalistes » pour y découvrir que les techniques narratives y sont plus complexes que ce à quoi on veut parfois les réduire ;

— lire certains romanciers contemporains sans être d'abord rebuté parce qu'ils ne racontent pas d'histoire avec des personnages, en prenant plaisir à découvrir de nouvelles façons de raconter qui sont aussi de nouvelles façons de voir la réalité.

A - Relire les romanciers réalistes

On les lit parce qu'ils racontent des histoires et inventent des personnages et, en effet, ils racontent des histoires et inventent des personnages. Mais on peut les lire aussi en étant plus attentif aux problèmes de narration et y découvrir ainsi de nouveaux effets de sens.

a. Comparaison du début et de la fin

Dans presque tous les romans, la comparaison des premières et des dernières pages est productrice de sens. Pour des exemples plus précis, voir notre parcours de *Mateo Falcone* de Mérimée.

b. Récit enchâssé

Au chap. VIII de *Pierre et Jean*, Maupassant décrit les quatre gravures qui ornent le salon de Mme Rosémilly.

Comme nous l'avons fait pour l'histoire du Tchécoslovaque, il est tout à fait possible de trouver des analogies entre ces quatre gravures et l'ensemble du roman et de produire ainsi des effets de sens.

c. Un monde moins cohérent et continu qu'il n'y paraît.

Nous vous proposons trois extraits de *L'Éducation sentimentale* de Gustave Flaubert où l'analyse des procédés de narration montre que l'univers de ce romancier, par ses ambiguïtés, est proche d'une certaine modernité.

Premier extrait : la première page.

Repérez et étudiez dans ce texte les variations de la focalisation.

> *Le 15 septembre 1840, vers six heures du matin, la* Ville-de-Montereau, *près de partir, fumait à gros tourbillons devant le quai Saint-Bernard.*
>
> *Des gens arrivaient hors d'haleine ; des barriques, des câbles, des corbeilles de linges gênaient la circulation ; les matelots ne répondaient à personne ; on se heurtait ; les colis montaient entre les deux tambours, et le tapage s'absorbait dans le bruissement de la vapeur, qui, s'échappant par des plaques de tôle, enveloppait tout d'une nuée blanchâtre, tandis que la cloche, à l'avant, tintait sans discontinuer.*
>
> *Enfin le navire partit ; et les deux berges, peuplées de magasins, de chantiers et d'usines, filèrent comme deux larges rubans que l'on déroule.*
>
> *Un jeune homme de dix-huit ans, à longs cheveux et qui tenait un album sous son bras, restait auprès du gouvernail, immobile. A travers le brouillard, il contemplait des clochers, des édifices dont il ne savait pas les noms ; puis il embrassa, dans un dernier coup d'œil, l'île Saint-Louis, la Cité, Notre-Dame ; et bientôt, Paris disparaissant, il poussa un grand soupir.*
>
> *M. Frédéric Moreau, nouvellement reçu bachelier, s'en retournait à Nogent-sur-Seine, où il devait languir pendant deux mois, avant d'aller faire son droit. Sa mère, avec la somme indispensable, l'avait envoyé au Havre voir un oncle, dont elle espérait, pour lui, l'héri-*

tage ; il en était revenu la veille seulement ; et il se dédommageait de ne pouvoir séjourner dans la capitale, en regagnant sa province par la route la plus longue.

Le tumulte s'apaisait ; tous avaient pris leur place ; quelques-uns, debout, se chauffaient autour de la machine, et la cheminée crachait avec un râle lent et rythmique son panache de fumée noire ; des gouttelettes de rosée coulaient sur les cuivres ; le pont tremblait sous une petite vibration intérieure, et les deux roues, tournant rapidement, battaient l'eau.

Deux extraits de conversation.

Frédéric Moreau vient de faire connaissance d'un passager :

La conversation roula d'abord sur les différentes espèces de tabacs, puis, tout naturellement, sur les femmes. Le monsieur en bottes rouges donna des conseils au jeune homme ; il exposait des théories, narrait des anecdotes, se citait lui-même en exemple, débitant tout cela d'un ton paterne, avec une ingénuité de corruption divertissante.

Il était républicain ; il avait voyagé, il connaissait l'intérieur des théâtres, des restaurants, des journaux, et tous les artistes célèbres, qu'il appelait familièrement par leurs prénoms ; Frédéric lui confia bientôt ses projets ; il les encouragea.

Mais il s'interrompit pour observer le tuyau de la cheminée, puis il marmotta vite un long calcul, afin de savoir « combien chaque coup de piston, à tant de fois par minute, devait, etc. ». – Et, la somme trouvée, il admira beaucoup le paysage. Il se disait heureux d'être échappé aux affaires.

Frédéric éprouvait un certain respect pour lui, et ne résista pas à l'envie de savoir son nom. L'inconnu répondit tout d'une haleine :
— Jacques Arnoux, propriétaire de l'Art industriel, boulevard Montmartre.
Un domestique ayant un galon d'or à la casquette vint lui dire :
— Si Monsieur voulait descendre ? Mademoiselle pleure.
Il disparut.

Frédéric est arrivé à Nogent. Il est en conversation avec son ami Deslauriers quand arrive un nouveau personnage.

L'ombre de quelqu'un s'allongea sur les pavés, en même temps qu'ils entendirent ces mots :
— Serviteur, messieurs !
Celui qui les prononçait était un petit homme, habillé d'une ample redingote brune, et coiffé d'une casquette laissant paraître sous la visière un nez pointu.
— M. Roque ? dit Frédéric.
— Lui-même ! reprit la voix.
Le Nogentais justifia sa présence en contant qu'il revenait d'inspecter ses pièges à loup, dans son jardin, au bord de l'eau.
— Et, vous voilà de retour dans nos pays ? Très bien ! J'ai appris cela par ma fillette. La santé est toujours bonne, j'espère ? Vous ne partez pas encore ?
Et il s'en alla, rebuté, sans doute, par l'accueil de Frédéric.
Mme Moreau, en effet, ne le fréquentait pas ; le père Roque vivait en concubinage avec sa bonne, et on le considérait fort peu, bien qu'il fût le croupier d'élection, le régisseur de M. Dambreuse.

— *Le banquier qui demeure rue d'Anjou ? reprit Des-*
lauriers. Sais-tu ce que tu devrais faire, mon brave ?

Reconstituez les paroles des différents personnages et
distinguez-les des commentaires du narrateur.

Cela est-il toujours possible ? Pourquoi ?
Quel est l'effet produit ?

B - Lire des romanciers contemporains

Dans le même temps qu'Alain Robbe-Grillet publie ses
essais et ses romans, d'autres romanciers explorent toutes
les possibilités du roman, dans des directions différentes et
avec des talents spécifiques.

Ce qui les caractérise, c'est qu'ils s'attachent moins à la
fiction qu'à la narration. Si on les lit pour y trouver une histoire avec un début et une fin, des faits qui s'y enchaînent
avec cohérence et logique, des personnages avec un caractère et une personnalité bien définis, on risque fort d'être
déçu. Mais s'y on s'attache aux procédés de la narration,
aux effets de texte, aux pouvoirs des mots, la lecture devient
un réel plaisir.

Ainsi vous pouvez lire *Moderato cantabile* de Marguerite
Duras.

Qui parle ? Qui voit ?
Y a-t-il deux couples (Anne/Chauvin, l'homme/la femme
assassinée) ou deux histoires d'un même couple ou d'autres
variantes encore ?
Quelle est la part du rêve, du fantasme, de la réalité ?

Vous pouvez lire ensuite, du même auteur, *Le Ravisse-*
ment de Lov V. Stein.

4. LE STYLE DE _L'ÉTRANGER_

Nous avons relevé à plusieurs reprises dans ce parcours des particularités du style de _L'Étranger_. Voici des extraits des analyses consacrées à cette question par J.-P. Sartre et R. Barthes :

> (...) _On sait que certains linguistes établissent entre les deux termes d'une polarité (singulier-pluriel, prétérit-présent), l'existence d'un troisième terme, terme neutre ou terme-zéro ; ainsi entre les modes subjonctif et impératif, l'indicatif leur apparaît comme une forme amodale. Toutes proportions gardées, l'écriture au degré zéro est au fond une écriture indicative, ou si l'on veut amodale ; il serait juste de dire que c'est une écriture de journaliste, si précisément le journalisme ne développait en général des formes optatives ou impératives (c'est-à-dire pathétiques). La nouvelle écriture neutre se place au milieu de ces cris et de ces jugements, sans participer à aucun d'eux ; elle est faite précisément de leur absence ; mais cette absence est totale, elle n'implique aucun refuge, aucun secret ; on ne peut donc dire que c'est une écriture impassible ; c'est plutôt une écriture innocente. Il s'agit de dépasser ici la Littérature en se confiant à une sorte de langue basique, également éloignée des langages vivants et du langage littéraire proprement dit. Cette parole transparente, inaugurée par_ L'Étranger _de Camus, accomplit un style de l'absence qui est presque une absence idéale du style ; l'écriture se réduit alors à une sorte de mode négatif dans lequel les caractères sociaux ou mythiques d'un langage s'abolissent au profit d'un état neutre et inerte de la forme ; la_

pensée garde ainsi toute sa responsabilité, sans se recouvrir d'un engagement accessoire de la forme dans une Histoire qui ne lui appartient pas.
Roland Barthes *Le Degré zéro de l'écriture* (éd. du Seuil, 1953).

(...) *Ce que notre auteur emprunte à Hemingway, c'est donc la discontinuité de ses phrases hachées qui se calque sur la discontinuité du temps. Nous comprenons mieux, à présent, la coupe de son récit : chaque phrase est un présent. Mais non pas un présent indécis qui fait tache et se prolonge un peu sur le présent qui le suit. La phrase est nette, sans bavures, fermée sur soi ; elle est séparée de la phrase suivante par un néant, comme l'instant de Descartes est séparé de l'instant qui le suit. Entre chaque phrase et la suivante le monde s'anéantit et renaît : la parole, dès qu'elle s'élève, est une création ex nihilo ; une phrase de* L'Étranger *c'est une île. Et nous cascadons de phrase en phrase, de néant en néant. C'est pour accentuer la solitude de chaque unité phrastique que M. Camus a choisi de faire son récit au parfait composé. Le passé défini est le temps de la continuité :* « *Il se promena longtemps* », *ces mots nous renvoient à un plus-que-parfait, à un futur ; la réalité de la phrase, c'est le verbe, c'est l'acte, avec son caractère transitif, avec sa transcendance.* « *Il s'est promené longtemps* » *dissimule la verbalité du verbe ; le verbe est rompu, brisé en deux : d'un côté nous trouvons un participe passé qui a perdu toute transcendance, inerte comme une chose, de l'autre le verbe* « *être* » *qui n'a que le sens d'une copule, qui rejoint le participe au substantif comme l'attribut au sujet ; le caractère transitif du verbe s'est évanoui, la phrase s'est figée ; sa réalité, à présent, c'est le nom. Au lieu de se jeter comme un pont entre le passé et l'avenir, elle n'est plus qu'une petite substance isolée qui se suffit. Si, par-dessus le marché, on a soin de la réduire autant que possible à la proposition principale, sa structure interne devient d'une simplicité parfaite ; elle y gagne d'autant en cohésion. C'est vraiment un insécable, un atome de temps. Naturellement on n'organise pas les phrases entre elles : elles sont purement juxtaposées : en particulier on évite toutes les liaisons causales, qui introduiraient dans le récit un embryon d'explication et qui mettraient entre les instants un ordre différent de la succession pure. On écrit : « Un moment après, elle m'a demandé si je l'aimais. Je lui ai répondu que cela ne voulait rien dire mais qu'il me semblait que non. Elle a eu l'air triste. Mais en préparant le déjeuner et à propos de rien, elle a encore ri de telle façon que je l'ai embrassée. C'est à ce moment que les bruits d'une dispute ont éclaté chez Raymond. » Nous soulignons deux phrases qui dissimulent le plus soigneusement possible un lien causal sous la pure apparence de la succession. Lorsqu'il faut absolument faire allusion dans une phrase à la phrase antérieure, on utilise les mots de « et », de « mais », de « puis », de « c'est à ce moment que... », qui n'évoquent rien sinon la disjonction, l'opposition ou l'addition pure. Les rapports de ces unités temporelles sont externes, comme ceux que le néo-réalisme établit entre les choses ; le réel apparaît sans être amené et disparaît sans être détruit, le monde s'effondre et renaît à chaque pulsation temporelle. Mais n'allons pas croire qu'il se produit lui-même : il est inerte. Toute activité de sa part tendrait à substituer des pouvoirs redoutables au rassurant désordre du hasard. Un naturaliste du*

XIXᵉ siècle eût écrit : « Un pont enjambait la rivière. »
M. Camus se refuse à cet anthropomorphisme. Il
dira : « Au-dessus de la rivière, il y avait un pont. »
Ainsi la chose nous livre-t-elle tout de suite sa passi-
vité. Elle est là, simplement, indifférenciée : « ... Il y
avait quatre hommes noirs dans la pièce... devant la
porte il y avait une dame que je ne connaissais pas..
Devant la porte, il y avait la voiture... A côté d'elle,
il y avait l'ordonnateur... » On disait de Renard qu'il
finirait par écrire : « La poule pond. » M. Camus et
beaucoup d'auteurs contemporains écriraient : « Il y
a la poule et elle pond. » C'est qu'ils aiment les cho-
ses pour elles-mêmes, ils ne veulent pas les diluer dans
le flux de la durée. « Il y a de l'eau » : voilà un petit
morceau d'éternité, passif, impénétrable, incommu-
nicable, rutilant ; quelle jouissance sensuelle si on peut
le toucher ! pour l'homme absurde, c'est l'unique bien
de ce monde. Voilà pourquoi le romancier préfère à
un récit organisé ce scintillement de petits éclats sans
lendemain donc chacun est une volupté ; voilà pour-
quoi M. Camus, en écrivant L'Étranger, *peut croire*
qu'il se tait : sa phrase n'appartient pas à l'univers du
discours, elle n'a ni ramifications, ni prolongements,
ni structure intérieure ; elle pourrait se définir, comme
le Sylphe de Valéry :

> *Ni vu ni connu :*
> *Le temps d'un sein nu*
> *Entre deux chemises.*

Elle est mesurée très exactement par le temps d'une
intuition silencieuse.

Jean-Paul Sartre, *Explication de L'Étranger* (1943), *in Situa-*
tions 1 (Gallimard 1947).

Maulde et Renou et Cie — 144, rue de Rivoli — 75001 Paris
93444 — Dépôt légal 4ᵉ trimestre 1988.